ベタ惚れの婚約者が悪役令嬢にされそうなのでヒロイン側にはそれ相応の報いを受けてもらう2
公爵令嬢
エリザベス・ラ・モンリーヴル
政略上の婚約と信じていたヴィンセントに告白されて腰を抜かす。邪竜になつかれ、隣国の王子に結婚を申しこまれ、ふたたび『乙星』のシナリオに巻きこまれる。
王太子
ヴィンセント・フォン・ワイズワース
外見は完璧王子だが内心は婚約者エリザベスにベタ惚れ。九年ごしの片想いの末ついに告白したものの、エリザベス争奪戦が開幕してしまう。
???
召喚により太古の封印から目覚め、エリザベスのもとへやってきた邪竜。

オリオン王国男爵令嬢
リーシャ・ヴァロワール
隣国からの留学生。明るく真面目で素朴な人柄。レオハルトのつきそいとしてやってくる。
オリオン王国第二王子
レオハルト・ベルリオーズ
隣国からの留学生。おもてむきはかわいらしいが、裏のある性格。初対面のエリザベスに結婚を申しこむ。
オリオン王国第一王子
マリウス・ベルリオーズ
人前にほとんど姿を見せない王太子。弟レオハルトとの王位継承をめぐり、家臣のあいだに派閥争いが起きている。

# ベタ惚れの婚約者が悪役令嬢にされそうなのでヒロイン側にはそれ相応の報いを受けてもらう 2

杓子ねこ
illust by雪子

contents

# プロローグ ヴィンセントの告白

感情を映さぬ目がオレを見下ろす。

突き刺さるような視線は二人分。国王たる正装に身をつつんだ父上の隣には薄金色《うすがねいろ》のドレスをまとった母上もならび、実の息子にむけるとは思えぬ冷たいまなざしを投げている。

玉座の間にはどくどくと早鐘をうつ心臓の音だけが響く。

息をすることすら忘れ、オレは蛇に睨《にら》まれた蛙《かえる》のごとく立ちつくしていた。

父上はなげやりなため息をつくと首をふった。胸にさげた勲章《メダル》がすれあいチリチリと耳ざわりな音を発する。母上も眉を寄せた。

「ヴィンセント、そなたの弱腰には失望した」

「そうですわ。愛を告げる勇気もない者にエリたんを任せてはおけませぬ」

窓の外では稲妻が空を裂き、雷鳴が轟《とどろ》く。急に暗くなった室内で、二人の顔だけが深い陰影を刻まれて浮かびあがる。

なんだ、これは――。

思わず周囲に視線を走らせたオレに、父上はおごそかに告げた。

「国王の名をもって、そなたとエリたんの婚約を破棄する」

「な……!?」

「エリたんを我らの養子とし、王女にふさわしい男を隣国から婿に迎えよう」

「ええ、それがエリたんのため」

「お、おまちください父上、母上、そんな——……ッ!!」

「これは決定じゃ」

その一声とともに、見えない力によって、ぐん、と背後へひっぱられた。のばした手は空中をさまよってなにもつかめない。

玉座はみるみる遠ざかり、オレは奈落の底へと墜《お》ちていく。

エリザベス——……!!

愛《いと》しい名を呼ぶ叫びは、声にならず——。


「……!!」

ごちん!!

背中と後頭部に衝撃をおぼえ、覚醒する。

真っ暗闇から一転して視界は明るい朝の陽《ひ》ざしにつつまれ、わずかにひらかれた窓のむこうでは小鳥たちがさえずっていた。やさしいそよ風にカーテンが揺れる。

背面をドヤした硬い感触を確かめれば、それは幾何学模様をえがく板張りの床……オレは床に寝ていた。

起きあがり、状況を確実なものとするよう呟《つぶや》く。

「夢か……」

痛みを残す頭をさすりながら呼吸を整える。心臓はまだばくばくと過剰な血流を全身に供給しつづけている。

痛みよりも先に「底があってよかった！」と思ってしまった。そのくらい心をえぐる夢だった。

夢……夢だよな？

まさか父上や母上が魔法を使ってオレの意識に侵入したってことはないよな？ その程度のことは軽くやりそうな夫妻なので本気で怖い。《魔返し》無効化くらいわけもなさそうだ。

おまけにベッドのふちに腰かけ、気持ちをいれかえるために思いきりのびをしようとして……気づいてしまった。

いったいオレは、どうやってベッドから落ちたんだ？

王太子の重責を負う心身を休めるため、ベッドはそれなりの大きさがあり、彫刻で縁どられた柱と三方の柵、天蓋がついている。そういったものを避けてもっとも落ちづらいはずの足側のへりから、しかも背を下に落ちたというのは、寝相が悪いなどというレベルじゃない。外部的圧力を疑いたくなる。

あのひっぱられたような感覚。リアルな浮遊感。

つう、と背筋を冷たい汗がつたっていく。

やはり「このままならエリザベス嬢はとりあげるぞ」という警告だろうか。

婚約者であるエリザベスに一目惚《ぼ》れし、婚約者なのに片想《おも》いを募らせた日々は、このたびめでたく八周年を迎え九年目に突入した。父上も母上も面白がっているように見えて業を煮やしていてもおかしくない。

オレの乳兄弟であり従者でもあるハロルドと、その従姉妹のマーガレット・ファーミング嬢が婚約したことで、王宮はお祝いムードになっている。そしてなぜかその『お祝い』のはずの空気が「で、ヴィンセントは？」という無言の圧力になってオレにのしかかってくるのだ。

いえ、オレたちはもう正式な婚約まできっちり完了しておりますが……とは言えない。

オレとエリザベスの婚約は王家と公爵家《おやどうし》の決めた婚約であり、オレはエリザベスに想いを告げられないまま何度も挫折を味わい、エリザベスはオレのことなんかこれっぽっちも意識していない。

そんな弱腰で負け犬な男にエリザベスを任せられない——と考えることも、実の息子よりエリザベスを愛してしまっているあの二人ならありえる。

幼いころのオレがエリザベスのすばらしさを語り聞かせたせいで、国王夫妻は息子以上にエリザベスが嫁いでくる日を渇望しているのである。

『そなたとエリたんの婚約を破棄する』

父上の言葉が耳にこだまする。

真剣な表情も声色もすべてリアルに思いだせた。もうすぐ王立アカデミアの春季休暇も終わり。新年度が始まるというのにこのテンションはまずい。

「……まっていてくれ、エリザベス」

次に会ったときこそエリザベスに告白しよう。オレは固く決意した。

前回の千本ノックでは足りなかった。

今度はエリザベスの肖像相手に一万本ノックだ。

王宮の庭を歩くエリザベスは春の装いに身をつつむ。贅沢《ぜいたく》にフリルをあしらったドレスと、髪を飾る花々。うららかな陽光の下で二人ならび、池を訪れる小鳥たちを見守る。

例によって舞台は申し分ない。あとはオレの勇気だけ。

「ヴィンス殿下、見てくださいませ。水鳥がならんでおりますわ。夫婦でしょうか」

エリザベスがふりむいて、二人きりのときにしか呼ばぬ愛称を呼んだ。金色の巻き毛がふわりと揺れる。やさしげに細められた目元は慈愛に満ちている。

そうだ、この笑顔を失いたくない。

ずっとエリザベスのそばにいたい。ふさわしい男になりたい――!!

エリザベスに気づかれぬよう、深呼吸。

目をとじ、心を無にする。

そして目をひらけば、視界に飛びこんできたのは――昨日までに何十時間ながめたかわからぬ肖像を凌駕《りょうが》して生きいきと美しい、生身のエリザベス。

その瞬間、思考が吹きとんだ。

真っ白になった頭の中に、一つだけ揺るがぬ感情がふりおちてくる。

え、好き。

「好きだ、リザ」

考える前に言葉がでていた。

言ってしまってから言ってしまったと気づくほど、むしろどうしていままで言えなかったのかと不思議に思うほどに自然な感情の発露だった。

エリザベスは天使で、オレはエリザベスが好き。ならば彼女に恋心を告げることはなにもおかしくはない。

頬が勝手にゆるんで笑みを形づくる。簡単なことだったのだ。

いままでのオレは、自分に自信がもてなかった。エリザベスに愛をうちあけ、受けいれられなかったらどうしたらいいのだとおびえていた。

でもそうじゃない。

エリザベスを信じ、エリザベスにすべてをゆだねる。オレはただ全身全霊をこめて告白するだけ。

「好きだ、リザ」

一度口にだしてしまえば長年言えなかったはずの言葉は驚くほど唇になじんだ。

知行合一。オレは悟りをひらいた。

ふってわいた天啓にひたりそうになってハッと我にかえる。

エリザベスの返事を聞かねば。

そう思って視線をむけると、エリザベスは……先ほどと同じ笑顔のままだった。

?‌?‌?‌?‌?

意味が伝わらなかったのだろうか。エリザベスの天然っぷりはこちらの想像を軽々とこえてくるからな。

もう一度言っておこう。

「好きだ、リザ。決められた婚約者だからではなく、君自身を——エリザベス・ラ・モンリーヴルという人間に、恋をしている」

好き、が恋情の意味であることを強調してみる。

そうそう、自分のことばかり言っても仕方がないな。エリザベスはオレの求めることがわからずに困惑しているのかもしれない。なんせアウトオブ眼中だった婚約者がいきなり告白してきたのだから。しかも婚約者だからもう婚約してるしな。

「できれば君にもぼくを好きになってもらいたい。ただの政略結婚ではなく、君と恋人になりたいんだ」

エリザベスはまだ反応をかえさない。

「……返事をもらえるだろうか？」

さすがにオレも心配になり、ほほえんだままのエリザベスの顔をのぞきこんだ——瞬間。

ボッ！！！　と音でもしたかのように、エリザベスの頬が赤く染まった。

「——え？」

「で、でんか……！　もうしわけありません、わ、わたくし……！」

あまりにも予想外の反応すぎて間抜けな声をあげてしまったオレの前で、エリザベスはへなへなと腰からくずれおちた。

# 第一章 あらたな物語の予兆

——薄暗い部屋。

視界をたすけるのは魔法陣の四隅にゆらめく蠟燭《ろうそく》の炎のみ。

夜空に月はなく、わずかに輝く星明かりも厚く覆われたカーテンのせいで部屋には届かない。

刻々と形を変える炎の影が、青白い頬を蛇の舌のようにねぶった。闇に溶けこむ漆黒の瞳と髪をもつ男はやつれた様子で魔法陣を見つめている。

ひびわれた唇からかぼそい声がこぼれた。

「古《いにしえ》の王よ、魔族の長たりき存在よ。今此処《ここ》に顕《あらわ》れ給《たま》え、我が身を贄《にえ》に捧げん——」

詠唱のつむがれるごとに、ごぼり、ごぼりと音を立て、どす黒い瘴気《しょうき》が魔法陣から噴きだして床を這《は》いずった。瘴気は室内に充満し、男の身体をとり巻いていく。

やがて闇につつまれた男の肌は同じく黒く染まりはじめた。皮膚を侵食した魔力は骨の内側まで蝕《むしば》んでいく。

激痛にうめきながらも、薄い唇は笑みを表して歪《ゆが》んだ。

「まっているがいい……エリザベス……」

狂気じみた瞳が壁にかけられた肖像の微笑をとらえる。

次の瞬間、男の姿は砂のようにくずれて消えた。


エリザベスに告白した。

エリザベスは腰を抜かし、真っ赤になって、オレはあわてて侍女を呼んだ。突然の体調不良を理由にエリザベスは公爵邸へと帰っていった——告白の返事は保留にしたまま。

それが一週間前、王立アカデミアの春季休暇最終日の話である。

あの日からまた、オレはエリザベスと言葉をかわせなくなってしまった。

授業の合間に廊下で、または昼休憩時に食堂で。エリザベスとすれ違う機会は多々あるのだが、肝心のエリザベスがオレを避けるのである。

目があえば逸《そ》らされる。

近づけば逃げられる。

話しかけようとすれば護衛の令嬢たちにやんわりと制止《ブロック》された。マーガレット嬢はオレにむかってサムズアップしながらエリザベスを背中に隠したことでそのあとハロルドに小一時間説教されたらしい。護衛を命じているのはオレとオレの父上なのだが、ほかの令嬢も似たようなものだ。

不敬だと言いたいところだが気持ちはわかる。わかるぞ。

要するに、オレを意識して照れまくるエリザベスがびっくりするほどかわいいのだ。

顔を伏せ、申し訳なさそうに、しかし耐えきれないといった表情で逃げていくエリザベス。揺れる金の巻き毛からのぞく形のよい耳は赤い。ザ・眼☆福。かわいい・オブ・かわいい。

そんな様子を見せられては、オレのほうもしいてエリザベスを足止めしろと命じる気持ちがなくなってしまう。だってかわいいんだもん。

由々しき事態ではあるのだが、打開する気になれない。ついヘラヘラと笑ってしまう。

結果、避けられつづけて一週間。

そろそろオレの網膜にもエリザベスの可憐《かれん》なる恥じらいの仕草が焼きついてきた。

目をとじればまぶたの裏に一連の動作が再生される。

最近のオレは暇さえあれば椅子に腰かけて瞑想《めいそう》していたので、そばに控えるハロルドは暇そうだった。

オレのこの記憶、王宮画家にコピーできないだろうか。魔法でなんとかなればいいのにな。それともいまから絵を習うか。絵画スキルを身につけてしまうと毎日エリザベスの肖像画を描きそうで自制していたが、背に腹は代えられん。一〇枚ほどの連作で、頬を染めるエリザベス、目を伏せるエリザベス、会釈をするエリザベス、そそくさとその場を立ち去るエリザベスなどを克明に……。

「殿下、オリオン王国第二王子、レオハルト・ベルリオーズ様との面会のお時間にございます」

脳内展覧会にて回廊に飾られた珠玉《エリザベス》の画たちを見てまわっていた至福の時を、ハロルドの冷たい声がぶったぎった。

オレはゆっくりと目をひらく。

「……そういえば、あったな、そんな予定が」

「一週間の旅程の遅れがあり、今朝方おつきになられました」

椅子から身を起こすと、愛らしいエリザベスの絵姿から一転、そこにいるのは表情を消した乳兄弟である。

普段よりやや派手なジャケットを着せられながら、オレは久しぶりに会うレオハルトを思い起こした。

一つ下のレオハルトは、金春青《ターコイズ・ブルー》の髪と深緑の瞳をもち、人好きのする天真爛漫《らんまん》な少年……である。見た目は。ちょっと性格に難ありな部分があるのだが、それはオレも同じだからあまりあげつらうのはよそう。

幼いころのレオハルトはいつも第一王子である兄マリウス殿のあとにくっついて歩いていて、オレがオリオンへ遊行《ゆうこう》の際には兄君をとられると思うのかよく威嚇された。その後はうちとけて仲よくなった……はずだ。一応。

オリオン王国は我が国の北に位置し、国の規模は同程度、互いに不可侵の意思を表明し、たまに身内を行き来させて友好を示すほどには関係も上々。

ただし今回の訪問はいつもの外遊ではない。

レオハルトは、王立アカデミアに一年間の留学が決まっている。

春季休暇中に急遽《きゅうきょ》オリオンから打診がきて、おまけに出立の準備がまにあわず結局一週間遅れでの到着、というなにやらいわくのありそうな留学だ。

「オリオン王国はいま王位継承をめぐって派閥争いをしておるらしくてなー。エリたんのいるアカデミアでまた変なことが起きなきゃいいんじゃがなー」

と楽しみ八割・心配二割の顔をしていた父上を思いだす。

まぁあの兄弟にかぎって仲たがいということはないから外野が騒いでいるだけなのだろうし、父上がなにも手をださないのならオレはともかくエリザベスに危険はない。我がワイズワース家の家訓《モットー》は『自分の身は自分で守れ』であるため、婚約者のエリザベスに五名の護衛令嬢が充てられているのに対し、実の息子であり王太子であるオレにはハロルド一人だけである。もちろん不満はない。

では行くか、と歩みだした途端、ビシリという音とともになにかが落ちた。

毛足の短い絨毯《じゅうたん》に受けとめられたのは、二つに割れたホーン・ボタン。まだら模様の真ん中からぱっくりいっている。

「……」

「替えを用意させます」

ハロルドは顔色一つ変えずにジャケットに手をかけた。脱がされながら、ひきつりそうになる顔をなんとかほほえみに固定する。

……変なことが起きなきゃいいんだけどなー。

父上、母上、オレのそろった広間に、家令に案内されレオハルトがはいる。成長した姿は凜々《りり》しさを増してはいるが、どこかかわいらしさのある面ざしは変わらない。

否、レオハルトだけではなかった。そのうしろからおっかなびっくり、見知らぬ少女がついてくる。堂々とふるまおうという意志は感じられる。しかし顔をあげ前をむいてはいるものの、視線は泳ぎまくり、ひき結んだ口元はぷるぷるとふるえている。

なんだかとても、憐憫《れんびん》の情をもよおさせる少女である。

一つにまとめられた黒髪は流れるように青みがかって深く美しく、ぱっちりとした目は黒い瞳を輝かせている。

そしてこの態度、本来は王族の前にでる身分ではないらしい。彼女の背後に整列するオリオン国の従者たちも訝《いぶか》しげな視線を投げかけていた——なぜここにいるのかと問うように。

おや？　なにか嫌な予感がするぞ。

「このたびは旅程が遅れてしまい、ご心配をおかけいたしました。レオハルト・ベルリオーズ、参上いたしました」

レオハルトが左足をひき、胸に手を当てて頭をさげる。

同時に従者たちもひざまずいた。一人とり残された少女はあわてふためき周囲を見まわすと、レオハルトに倣って辞儀をした。

……色々と思うところはあるものの。

オレと母上は、父上を見る。国王の発言が最優先だ。

「問題ない。おぬしは一回生への留学じゃからな。入学パーティや手続きのたぐいを飛ばしただけじゃ。うちの者に説明させよう」

父上は鷹揚《おうよう》にうなずくと少女を見た。

「して、こちらの御令嬢は?」

「申し遅れました。こちらはリーシャ・ヴァロワール……我が国の男爵家の娘です。たいへんに見どころのある者でして、ともにアカデミアへの入学を認めていただけたらと思い連れてまいりました」

「ほほう。レオハルト殿が言うならよいぞ、認めよう。リーシャ嬢、そなたにも部屋を用意しよう」

視線をむけられ、リーシャ嬢は緊張の面もちで頭をさげる。

「は、はいっ! 過分な光栄にございます! わ、わたし、えぇと……頑張りますっ!」

どうやら言葉がでてこなくなったらしい彼女が雑にまとめるのを、レオハルトは笑顔で見守っている。おかしなところはなにもない、という体《てい》で。いや疑問点がありまくりなんだが。ツッコミが一つじゃ追いつかんぞ。

父上はあくまでやさしげな表情をつくっているが内心では裏の事情を考えているはずだ。第二王子が留学先にわざわざ令嬢を同伴するなど色恋沙汰以外に考えられない。あのレオハルトが恋愛……? とは思うものの、思春期だし心境の変化があったのかもしれない。どちらにせよ褒められたことではない。

母上は……あっ、目がギラギラと燃えている。レオハルトの言うとおりリーシャ嬢に光るものを感じる一方で、全体的に礼儀作法について気になる部分がありすぎるといった顔だ。母上もどこにむかってなにを言えばいいのか考えているらしい。

　エリザベスと出会ったオレが外面《ソトヅラ》完璧人間の皮をかぶったので鳴りをひそめていたが、母上は熱血体育会系教育ママである。美しい所作は体幹から——との信念をもち、息子の手足に重りをつけて王宮の中庭を走らせるくらいのことは朝飯前であった。

「レオハルトも、リーシャ嬢も、わからないことがあったらぼくに聞いてくれ。王宮のこともアカデミアのことも、気軽にね」

　母上の教育魂に火が点《つ》かぬよう、客人たちはオレの管轄下に置くことを宣言する。

　しかし、そんなオレの思いやりに応えるかのように——というよりは、応えたうえで想定外すぎる威力を上乗せしてきたというべきか。

「それはありがたい。今回の留学では伴侶となる方にもめぐりあえたらと思っているのです。……ぼくの好みは、金色の髪に、紫色の瞳なのですが」

　知っていたら紹介してくださいね、と。

　にこにこと邪気のなさそうな笑顔を浮かべたまま、レオハルトは言った。

ヴィンセント殿下から、愛を告げられた。

情けないことにわたくしは、お返事をさしあげることができなかった。そしていまでも、ヴィンセント殿下のお顔を見ることすらできない。

だって、お顔を見たら……いいえ、思いだすだけで、あの日の記憶がよみがえってくるのだ。

好きだ、と言われた。

その瞬間は意味がわからなかった。なにがお好きなのかしら、お花かしら、お菓子かしらと思ったわたくしのお馬鹿。

けれども愚かな内心を見抜いたヴィンセント殿下は言ってくださった。君と恋人になりたいんだ、と。

そう乞われてはじめてわたくしは、自らが殿下に寄せる感情がなんなのかに気がついた。

「なんということなのかしら……」

ベッドにうつぶせて枕に顔をうずめる。ふかふかの手ざわりは普段なら波立つ心を癒してくれるが、今日はそうはいかない。

――わたくしもヴィンセント殿下をお慕いしております。

その一言を申しあげる前に、わたくしは腰を抜かし、侍女にかかえられて屋敷へ戻った。

……以来ずっと、この調子だ。

いまさら、本当にいまさらだと自分でも思うのですけれど、ヴィンセント殿下は完璧なお方だ。そのお方の隣にいて、やさしさや思いやり、見る者を惹《ひ》きつけずにはいられない笑顔、そういったものを間近で目にしながらわたくしが平静をたもってこられたのはひとえに、自覚してしまえば自分でも信じられないくらいの鈍感さのおかげだった。

その鈍感さはほかならぬヴィンセント殿下によってうちやぶられた。

お友達にもヴィンセント殿下がどれほどすばらしい方なのかを語って聞かせたことがある。うんうんとうなずいてくださっていた皆様が心のうちでなにを思われていたのかと考えると、顔から火がでそうに恥ずかしい。

「あぁ……っ、きっと皆様、わたくしの気持ちに気づかれて……！」

爪先でばたばたとシーツを打つ。

告白されてからというものヴィンセント殿下に近づけないわたくしに配慮して、皆様はいつもそばにいてくださる。ゆっくりと気持ちとむきあい、言えるときになれば言えばよろしいのですと、そうおっしゃってくださる。

でも甘えてはいけない。こんなことでは王太子妃として殿下のお隣に立つことすらできない。

王太子妃として、お隣に――。

「……‼」

顔じゅうが熱くなって、わたくしは息をつめた。

ハロルド様とマーガレット様の婚約披露パーティ。あの日、正装に身をつつんでいたヴィンセント殿下のお姿が、カカッと稲妻が落ちるように脳裏によみがえる。

ともに歩みたいと告げたわたくしに、殿下は驚き、けれどやさしくほほえんでうなずいてくださった。

その場面が頭の中で再生された途端、身体《からだ》中の力が抜けてわたくしはベッドにつっぷした。

本当に、本当に情けないと思うのだけれど、冗談や比喩でなく立つことすらできなくなってしまう。恥ずかしさや申し訳なさや自分のにぶさに対する驚きや、いろんなものが押しよせてきて身体への命令がゆき届かなくなってしまうのだ。

これが恋なのだとしたら、わたくしに初恋は早すぎたのではないかしら……。

でも気づいてしまったものはとり消せない。心臓はまだドキドキと鳴っている。

わたくしは打開策を練った。

ヴィンセント殿下にお会いしてもこれまでのような平常心をたもつには、まずは慣れなければならない。

そうだわ、出入りの画家に殿下の肖像画をお願いしましょう。小さくて、気軽にもち運べるサイズの……はっ！　いつぞやに殿下がわたくしの肖像画を懐中時計にいれているとおっしゃっていたのは、そういうことね。

さすがは秀才と誉れ高いお方、わたくしへの恋心はすでにコントロールされているのだわ。そして事前にヒントを与えてくださっていた。

……わたくしへの恋心。

自分で考えておいて、また顔が熱をもっていくのがわかる。

殿下もまたこのような想いをわたくしに対していだいていらっしゃるのだとしたら、それはなんて……あまずっぱくて、幸せなことでしょう。

「きちんと、ヴィンセント殿下とお話がしたいわ」

声にだして名を呼べば、また鼓動が高鳴った。

まるで自分自身が心臓になってしまったみたい。痛いほどの動悸《どうき》に胸が苦しくなる。けれど、これをのりこえなければ、殿下にふさわしい女性とは言えない。

一秒たりとも無駄にはできないわ。

肖像がないのなら記憶を使えばいい。

この鼓動がおちつきをとりもどすまで、一〇〇時間でも一〇〇〇時間でも、ヴィンセント殿下を思い浮かべましょう。

わたくしは決意した。戸棚に飾られたガラスのウサギをとりだすと、手のひらでつつみこむ。二人でおそろいのウサギ。わたくしにはヴィンセント殿下の瞳と同じ、水色の、ヴィンセント殿下にはわたくしの瞳と同じ、紫の。かわいらしいガラス細工によろこんで、殿下とわたくしの絆《きずな》が永くつづきますようにと贈ったのだ。いま考えるとあのときからわたくしは殿下のことを……あぁ、とっても恥ずかしいわ、殿下にはいったいなんと思われたか……。

「わたくしの力になってくださいませ、ウサギさん」

ひんやりとした感触は騒ぎたつ心をおちつかせようとしてくれているみたい。

目をとじて、ヴィンセント殿下のお姿をまぶたの裏にえがく。風になびく亜麻色の髪、やわらかく細められる目は慈しみの碧《あお》で……。

心臓が暴れ、脈拍が駆ける。ドキドキと鼓動の鳴ることが現実にあるだなんて。

――カッ、カッ。

精神統一をし、意識の中でヴィンセント殿下のお顔を見つめつづける。ドキドキがドドドドに変化したわ。呼吸すらもあやうい。大丈夫かしら、わたくし、倒れてしまうのでは……。

――カッ、カッ、……カツン。

「あら……？」

鼓動の合間に不思議な音が聞こえてくることに気づき、わたくしは顔をあげた。

耳をすませば、窓のほうからカツンカツンとガラスを叩《たた》く音がする。風に揺れる枝にしては規則ただしく、意志を感じさせるリズムだった。

「なにかしら」

そっと窓に近寄り、カーテンをめくって。

わたくしは、あっと声をあげた。

そこにいたのは、一頭の黒い竜《ドラゴン》だった。

ネコほどの大きさしかない、きっとまだ幼い――しかし生えそろった爪は鋭く、口からのぞく牙もまた彼が人間にとって十分な脅威であることを示している。

わたくしを見ると、漆黒の鱗《うろこ》に覆われた身をふるわせ、小さな竜は嬉《うれ》しそうに窓ガラスに額をこすりつけた。

本来ならば、衛兵を呼ぶべきだ。

ドラゴンとはすでに絶滅した種族。よみがえったならそれは、圧倒的な魔力で街を破壊し、森を焼き、国を滅ぼす。

けれどどうしてか、わたくしにはこの仔竜《こりゅう》が神話のような禍々《まがまが》しい存在だとは思えなかった。

闇を凝結させたかのごとき瞳に敵意はない。むしろそこに含まれるのは思慕のようで――。

「……ラース様?」

ふとよぎった名が、口をついてでた。

窓ごしにも声は届いたようだ。ドラゴンは、「きゅいっ」とかわいらしい鳴き声をあげて尻尾をふった。


レオハルトの不穏な申し出に一晩じゅう悶々《もんもん》として明けた朝。

ハロルドには「気持ちのよい朝でございますね。よく眠れましたか」と言われた。婉曲《えんきょく》な皮肉兼いたわりである。普段ならエリザベスの夢が見たいと二度寝をねばるオレがすんなりと起きたため、一応体調の心配をしているようだ。

徹夜くらいなんともない体力づくりはしているものの、若干の眠気をひきずったまま朝食をとっていると、先に食べ終えた父上が事もなげに呟いた。

「昨夜、ラースが逃げたそうじゃ」

「……はい？」

久々に聞く名に一瞬の困惑が走る。

ラースといえば、エリザベスに横恋慕し、先の『乙星《オトホシ》』騒動でエリザベスの評判を失墜させオレと婚約破棄させようとしたラース・ドルロイドしかいない。現在はドルロイド元公爵（身分剝奪済み）と蟄居《ちつきょ》中である。

婚約破棄のあたりで父上のマジギレ顔を思いだしたオレは迂闊《うかつ》なことを言う前に口をつぐんだ。

「ドルロイドのやつ、早馬を飛ばして知らせてきよったわ」

父上が手元の紙をさしだす。そこにはたしかにドルロイド父の名と、ラースが不可解な魔法陣を残して姿を消した旨、ふるえる文字で書かれていた。

用件を伝えたあとは、私は知りません、断じて関わっておりません、ラースにどのようなお咎《とが》めがあろうと文句は言いません、という命乞いと言い訳がごっちゃになった文面が切々とつづく。

なるほど、同じ屋敷に住まわせていたのはこのためか。

どちらかが怪しい動きをした場合、保身に走ったもう一方が通報してくると。……隠すより正直に報告《バラ》したほうが保身になるという損得勘定ができているあたり、父上のマジギレは相当に怖かったらしい。

「魔法陣というのは……」

「目星はついておる。いまドメニクをむかわせている」

「ではいずれ報告がはいるのですね」

ドメニク・マーシャル侯爵は魔法省トップであり、オレの家庭教師も務める。魔法の知識で侯にならぶ者はない。唯一の欠点といえば息子が変態であることくらいだ。

「それで、なにか手は?」

「打たん」

「どういうことです⁉」

驚いて問いかえすオレの前で、父上は悠然とフルーツをつまんでいる。

「そのままの意味じゃ、これ以上は手の打ちようがない」

「ラースを捕らえる策をとらないのですか?」

カッと頭に血がのぼった。

「ラースが逃げたのなら、エリザベスが狙われる可能性が高い。そのくらい父上もおわかりでしょう。ラースの居場所をつきとめてエリザベスを守らねば——」

つい語気が荒くなり、……しかしそこまで言って、気づいた。

そう、ラースは九九・九九九九…パーセントの確率でエリザベスのもとへ現れる。エリザベスモンペの父上が、それをわかっていながら対策をしないというのは。

「ラ・モンリーヴル公爵閣下、ならびに御令嬢エリザベス様、ご到着です」

「きたたな。はいれ」

オレがたどりついた答えが、部屋の外から告げられた。

父上の許可と同時に扉がひらく。

そこにいたのは、眉を寄せた公爵殿と、不安げな表情で隣を見つめるエリザベス。

そして、エリザベスの視線を受けとめ楽しげに翼をはばたかせている、小さな黒ドラゴン——あれは、暗黒竜《ブラック・ドラゴン》？？？

「深夜に早馬を送りまして申し訳ありませんでした、陛下」

「よい。ドラゴンが現れたとなっては国の一大事じゃ。ようやく説得に応じたか」

「はぁ、娘になついておりまして。娘が行くところなら行くようです」

「おはようございます、国王陛下、ヴィンセント殿下。突然の訪問をお許しくださいませ」

話をむけられて、エリザベスは困惑を顔に浮かべたまま膝を折った。

オレはなんとか「あぁ、おはよう」という挨拶をかえす。しかしオレが言葉を発した途端、ドラゴンは「きゅいいぃっ」と甲高い鳴き声をたてて目を光らせた。

比喩ではなく、黒かった目が炎のように紅く染まったのだ。……完璧に威嚇されてるな、これ。

嫌な予感が、予感ではなくなって目の前に現れた。

ラースの逃亡、残った魔法陣、エリザベスの訪問、彼女になつく黒いドラゴン……これらから導きだされる結論は。

「ラ、ラース様！　おやめください、ヴィンセント殿下に怪我《けが》をさせては困りますっ！」

焦った声をあげ、エリザベスがオレの前に腕をひろげて立ちはだかった。華奢《きゃしゃ》な背中に必死さがただよっていてぐっとくる。

おまけに浮遊するドラゴンからオレを守るためには身長が足りないと気づいたらしく、

「殿下、しゃがんでくださいませっ、わたくしの背後に隠れて！」と鋭い声を飛ばしてくる。

か、かわいい。悶絶。

……ではなくて。

「そのドラゴン、やはりラースなのか……」

「きゅいっ」

名を呼べば、黒竜はラースとは思えないかわいらしい鳴き声をあげた。しかし反応しているということは、ラースなんだな、やっぱり。

父上が手を打たないなら、すでにラースはエリザベスへとたどりついており、かつ脅威ではないということだ。……脅威ではないのか、これ？

まじまじと見つめると黒竜もまた首をかしげてオレを見る。つぶらな瞳にあまり知性は感じられない。

「なるほど……」

威嚇されたときにも魔力の動きはなかったし、本気でオレに手をだそうとしていた場合すでにハロルドが一撃を食らわせている。

「大丈夫だ、エリザベス。ラースに危険はない。――まだ、いまのところは」

「そうなのですか？　けれど、ドメニク様もこの子を捕らえることはできなかったのです。顔をひっかきまして……」

「魔法は使わなかったのだろう？　生まれたばかりで魔力がほとんどないんだ。これから徐々にたくわえていくだろうが、いまはなにもできない」

「そうじゃな、ドメニクの見立てもそのとおりであった」

父上がうなずく。

ついでにラースとしての記憶もあいまいになっているようだ。

エリザベスになつき、オレに敵意を浴びせつつも、当の黒竜にもいまいちその理由がわかっていないらしい。

ラースの人格がきちんと残っていれば、力を蓄え、実力行使でエリザベスを攫《さら》うくらいのことはしてもおかしくない。それを望んでドラゴンへと身を落としていまの状況なのだとしたら、悪いことはできないというか……。

「しかしなぁ……」

もう一度ラースをながめる。頭から尻尾の先まで漆黒の体軀《たいく》、さきほどは眼球のみであったが怒りに反応し紅《あか》く燃えるという特徴は、神話にある《燃え盛る鉄竜《イヴリース》》のもの。

いまは国々に分かれた大陸が一つだったころ、聖なる王によって封印されたと語られる邪竜だ。

邪竜。

お伽話《とぎばなし》にしか登場しないその言葉の響きを、オレはつい最近聞いた、というかセレーナ嬢からの手紙で読んだ。

ラース……。

お前が邪竜になるんかいっ！！！！

声にはださず心の中だけで、しかし盛大につっこむ。

これはオレしか知らないことなのだが、昨年アカデミアにて騒動を巻きおこした『乙星』こと『聖なる乙女は夜空に星を降らせる』作者のセレーナ嬢によればあの小説には続編の構想があり、そこでは婚約破棄され国を追放された公爵令嬢が隣国の暗黒教団と結託して邪竜を召喚、主人公と王太子に復讐《ふくしゅう》を企《たくら》むのだそうだ。

もちろん邪竜はかえり討ちにあう。邪竜を倒すのは、主人公の星の加護の力だ。

なんの因果か、エリザベスを嵌《は》めようとした男が邪竜と化し、こうしてエリザベスにかしずいているとは。

『乙星』騒動にもやけに責任を感じていたから、ラースが邪竜になったと知れば今度は『ラース人間化小説』を書きそうだな、セレーナ嬢。

「はぁ……」

普段ならでないため息が漏れた。自分が睡眠不足だったと思いだし、疲れがどっとおしよせる。

あと一刻後には王立アカデミアへ登校していなくてはならないが、それまでに再度ラースの説得が必要だな。エリザベスにくっついて学園に行かれてはパニックが起きる。

それからラースが本格的に魔力を得て成長するまでに、なんらかの措置をとらなければ……。

……王立アカデミア……登校。

そういえばなにか忘れているような。

頭の片隅にひっかかるものを感じ視線をあげたオレの耳に、ふたたび扉のひらく音。

たたずむのは、母上に連れられたレオハルトとリーシャ嬢。

——あ。いろんな意味でまずい。

エリザベスの姿をとらえた母上の目が輝く。

「まぁ、エリザベス嬢ではありませんか。ごきげんよう」

「おはようございます、王妃様」

王妃然とした笑みを浮かべる母上に応え、エリザベスもまたスカートをもちあげて頭をさげる。ラースなどいないかのようなほがらかな挨拶だ。

レオハルトもとっととエリザベスの正面まで歩みを進めると、優雅な一礼をした。

「はじめてお目にかかります、わたくし、オリオン王国第二王子、レオハルト・ベルリオーズと申します。レオとお呼びください」

「はじめまして、わたくしはエリザベス・ラ・モンリーヴルと申します。父は公爵ですわ。国王陛下のお隣に。……まぁ、ラース様、いけませんわ。失礼いたしました」

双眼を紅くして威嚇するラースを、エリザベスはおちついた対応をかえしながらなめた。ちょっとしたカオスなのだが、なぜか誰も動じていない。いや、一人だけ、リーシャ嬢は叫び声をあげることもできずに硬直している。ぱかっと口をあけて青ざめた表情は不憫である。

「エリザベス様、お姿だけでなくお名前も美しい……お名前で呼んでもよろしいでしょうか？」

オレたちの様子からラースに危険はないと瞬時に判断したようだ。爛々と燃える邪竜の視線を意に介さず、うっとりとした声でレオハルトが言いつのる。

は？　ちょっとまて。金髪に紫の瞳の女性が好みだというのは本気だったのか。

「レオハルト、エリザベスはぼくの——」

釘《くぎ》を刺しておこうとしたオレの言葉が終わらぬうち、レオハルトはエリザベスの前に膝を折った。

「エリザベス様。わたくしと結婚してください」

「な――……！」

夢で聞いた、ガラスを叩き割るような霹靂《へきれき》が脳内で反響する。

幻聴だ。わかっているのに駆けよってレオハルトをとめることができない。

『そなたとエリたんの婚約を破棄する。エリたんを我らの養子とし、王女にふさわしい男を隣国から婿に迎えよう』

父上の声がよみがえる。雷光のごとく閃《ひらめ》いた恐怖に支配され、オレの身体は硬直したまま動かなくなった。なんとか視線だけをむけると、父上は感情をなくした目で事のなりゆきを見守っている。つまり、マジギレしていないのだ。ラース（人間体）は一瞥《いちべつ》で黙らせるほどだったというのに。

母上もリーシャ嬢によりそったまま沈黙を守っている。レオハルトの求婚に異を唱える気配はない。

ハロルド――ハロルドはいつもどおりの氷の無表情。

誰もが無言。食堂は異様な沈黙につつまれていた。

まさか、まさかレオハルトこそがエリザベスの婿候補なのか――？

せっかく告白の大儀を成し遂げたというのに、恥ずかしがるエリザベスをながめてニヨニヨしていたせいですべては手遅れとなり、オレは息子失格の烙印《らくいん》を押されてしまったというのか。

いや、あれは夢だ。悪夢の妄想に囚《とら》われている場合ではない。

接着剤で膠着《こうちゃく》されたようになっている顎をなんとかひき剝がして口をひらく。

「レオハルト、エリザベスはぼくの――」

「お申し出はたいへんありがたく思いますが、それはできません」

やっとのことでカラッカラの喉からしぼりだしたオレの言葉は、またもやさえぎられた。

しかし今度は、エリザベスのすずやかな声に、だった。

背筋をのばし、ほほえみを浮かべながらレオハルトを見るエリザベスは、国を背負う者としての自負と気品にあふれていた。

エッ……エリザベスううう……!!

誰も味方になってくれない状況で、君だけはオレを守ろうとしてくれるのだな……。

あまりの凜々しさに惚れなおし、涙ぐむオレの前で、エリザベスはレオハルトへと誠実なまなざしをむける。

「なぜならわたくしは、ヴィンセント殿下の婚約者であり、ヴィンセント殿下を――」

そこまで言って、エリザベスはふと口をつぐんだ。周囲を見まわす。

オレ、オレの両親、自分の父親、もちろんレオハルトやリーシャ嬢、ハロルドに家令に使用人たち。

その場にいるすべての者の注目を集めていることに気づいたエリザベスは、愛らしい唇をふるりとふるわせ。

次の瞬間、ボボボッとすごい勢いで赤くなった。

……あっ（察し）。

オレに告白されたことを忘れていたのだな、エリザベス。そういえば邪竜騒ぎでオレもすっかり頭から抜けおちていた。

真っ赤になったエリザベスの隣でラースがキーキーと抗議の声をあげる。本能的にオレとのあいだになにかが起きたことを悟ったようだ。

あらためて父上と母上をうかがうと、二人とも両手で顔を覆っていた。先ほどの沈黙はレオハルト容認ではなく、エリザベスの赤面をまちかまえていただけか。エリザベスの友人たちには国王勅命の護衛が含まれている。彼女たちが学園での様子をご注進したのだろう。

オレの視線に気づいた父上が右手の親指と人さし指をのばして顎に触れてみせた。そんなハンドサインはまったくおぼえがないが、おそらく「このままエリたんに任せよ」の意味なので黙っておく。

「申し訳ありません、お見苦しいところを……」

エリザベスは頰の熱を散らすように手のひらを押しつけ、深呼吸した。

父上と母上がやさしいまなざしで首を横にふる。お見苦しくなんかないぞ、と。エリザベス気づいてないいけど。

「お申し出はお受けできません。レオハルト様にはほかにふさわしい方がいらっしゃいますわ」

やや強引に話を区切り、この話はおしまいと頭をさげるエリザベス。

しかしレオハルトは退くどころか一歩前に踏みだした。フられたくせにますます熱っぽい目をむけ、

「いいえ、あなた以上にふさわしい方などいらっしゃいません。ヴィンセントはやめて、ぜひぼくの妃に」

あぁ?-?

ついで放たれた一言に、王太子にあるまじき声がでそうになった。

さすがにそれ以上近づくことはなかったものの、レオハルトは身ぶりをまじえながら熱弁する。

「エリザベス様、貴女こそぼくの運命の人です。オリオンにはエリザベス様が必要だ」

「そこまでにしろ、レオハルト。エリザベスが必要なのは我が国も同じだ」

とくにオレとか父上とか母上には不可欠だ。エリザベスがいなくなったら食事が喉を通らなくなって政務が滞る。それがわかっているからこそ家令も王太子の五倍の護衛をつける出費を認めているのだ。

さすがにこれ以上は傍観していられんと割ってはいり、今度はオレがエリザベスとレオ

ハルトのあいだに立ちふさがった。

ラースも加勢するかのようにオレの隣に浮かんでいる。敵の敵は味方だな。いまだけ共闘しようぞ。

ハロルドからも冷たい視線の加勢が――いやこれ加勢かな？　万が一にでもエリザベスを奪われることがあればマーガレット嬢がハロルドとの婚約を解消して隣国までエリザベスを追いかけていきそうだからかな？　そうなった場合ハロルドもオレの護衛役を辞退してマーガレット嬢を追いかけていってしまいそうで怖い。

王太子としての姿勢はくずさぬまま、屹然《きつぜん》とした態度でオレはレオハルトを見た。

「聞いただろう。エリザベスはぼくの婚約者だ。それだけではない。ぼくたちは互いを想いあっている。エリザベスが君の手をとることはない」

言って、同意を求めるためにエリザベスをふりむき――オレは思わず声をあげそうになった。

エリザベスは胸の前で手を組み、ふたたび耳まで真っ赤になって固まっていた……相思相愛を強調したのがいけなかったらしい。

顔をあげ、正面をまっすぐに見据える表情は公爵令嬢にふさわしい堂々としたもので、けれどもアメジストの瞳はうっすらと涙で潤んでいる。渾身《こんしん》の気力をふりしぼり羞恥をこらえているのが丸わかりの顔だ。

「さっ、左様でございます。わたくしたちは、想いあって……おります」

ぎくしゃくとうなずき、ぎこちなく告げるエリザベス。

えっ、びっくりするほどかわいい。

レオハルト、お前このエリザベスを見てどうして自分に勝ち目があると思うんだ？？？

ラースも力が抜けたのか床に墜落している。

父上と母上はふたたび顔を覆い隠し、エリザベスと同様に耳まで赤くなってふるえていた。

いやそれどころじゃない。こんなにかわいいエリザベスをよその男に見せてたまるか。

〇・〇〇一パーセントの可能性を切り拓《ひら》いてしまうのがエリザベスの魅力。レオハルトが本気になるかもしれん。オレ然り、ラース然り、性格に難ありなやつほどエリザベスに惚れるのだ。

レオハルトも裏の顔をもっている。油断はできなかった。

オレはパンと手を打って空気をやぶった。

「そろそろ学園へ行く支度をせねばならぬ。レオハルト、リーシャ嬢、朝食を用意させよう」

奥義、王太子スマイル。話の腰をブチ折って朝食の指示をだす。

オレの言葉に給仕たちが動きはじめる。一人だけ場違いな身分のうえに自国王子の突然の求婚を目撃してしまったリーシャ嬢はますます青ざめ口から魂を吐きだしていたが、やってきた給仕に背筋をのばして礼を言った。

その様子を見てレオハルトも渋々といった表情で席につく。

「エリザベスはぼくの馬車に同乗すればいい。よろしいですか、公爵殿」

これ以上ちょっかいをかけられぬように宣言し、父上の隣に立っていた公爵殿へ同意を求めれば、……なぜか、涙ぐんでいた。

「はい、ありがとうございます。よろしくお願いいたします」

っあー、そうか、つい勢いで言ってしまったが、実父の前で娘はオレのもの宣言をしてしまったのだと気づく。

もちろん幼いころから婚約していた身、エリザベスが王家に嫁ぐことは揺るぎようのない事実だが……天使《むすめ》が着実に親の手を離れようとしていることを実感してしまった心境を想像すると胸が締めつけられるようだ。

ごめんなさい公爵殿。

よろしくお願いいたします、に別の意味がこめられているような気がして、いずれ必ずご挨拶に行かせてもらおう、とオレは決意した。

父上はいたわるように公爵殿の肩に手を置き、別の手で見えない角度からサムズアップしてきた。迎える側はウキウキである。

「で、最後にラースですが——……」

「あぁ、ラースは王宮に置いていけばよい。王妃がなんとかする」

顔に傷をつくらないように『説得』しなければならないのかとつきかけたため息は、父上の言葉でひっこんだ。

「なんとかって、邪竜を……」

「任されましたわ。アカデミアが終わるまで王宮であずかりましょう」

邪悪な種族に属する《燃え盛る鉄竜《イヴリース》》を、と眉を寄せた目の前で、母上はひょいとラースの首のうしろをつかんだ。まるで仔猫の扱いだ。

おまけにそうされると逆らえないのか、ラースも目をぱちくりさせながらおとなしくぶらさがっている。

……なんで？？？

目をこらすと、母上の手から緑のオーラがでているのがわかった。凝縮され、可視化された魔力だ。

封印術……なのか？　もちろんオレにはそんなことはできない。

「……いったい何者なんですか、母上は」

「若いころに数々の武功を打ちたて、ウルハラのあく……奇跡と称《たた》えられた人じゃ」

ぼそっと呟いた問いにかえったのは、表面上おちついた答えであった。が。

父上、ごまかしましたけど悪魔って言おうとしましたよね？

オレの母上は悪魔と呼ばれた女だったのか……。

とくに違和感がないところが怖いな。

「ラース様、まっていてくださいませ。またお迎えに参ります。今後のことを話しあわねばなりません」

「きゅうぅ……」

エリザベスが真剣な顔で諭す。

ラースは母上に首根っこつかまれたまま弱々しく手足をあがかせたが、戒めは解けぬと悟ったようでがっくりとうなだれた。

まぁ、せっかく邪竜と一体化してエリザベスのところへやってきたのにうちの母上に捕まったのでは、気落ちするのもわかる。しかしそれが邪竜というものだ。討伐されないだけましと思ってもらわねば。

「レオハルト、リーシャ嬢、わかっていると思うがこのことは他言無用で頼む」

「あぁ」

「はいっ、もちろんです！」

念を押すとレオハルトは軽くうなずき、リーシャ嬢は元気よく手をあげた。

その日、王立アカデミアはひそかな興奮につつまれた。

隣国からの留学生。それも、見目麗しく、第二王子という身分。直前まで秘されていた情報は爆発的にひろがった。

連れの少女が男爵令嬢だと知れると、二人の関係をめぐって噂《うわさ》話は加速し——しかしすぐに混乱した。

なぜならその王子レオハルト自身が、『妃候補さがし』を明言したからである。

「ぼくの信頼を託すにたる人がおられれば、その方をオリオン国へお招きしたい」

もったいぶった言いまわしだが、要するに「気にいった者がいれば国へ連れて帰りたい」ということだ。それをそのまんま言うとさすがに風紀を乱すのでギリギリのところに薄めている。同じ年頃の子息令嬢を集めて婚姻をうながすのが王立アカデミアの機能の一つでもあるため、妃さがし自体を罰することはできない。

ざわめく校内の空気に、はぁ、と嘆息する。

両国の友好のためにナンパはとめないとしても、うちの国で揉《も》め事を起こすのだけはやめてほしい。

「ハロルド」

「すでに」

オリオン王国についてさぐってくれと言おうとした台詞《せりふ》は食い気味に肯定された。

そうか、揉め事が起こらないというのはどうやらもう無理そうだ。

授業が終わり、鐘《チャイム》の音が鳴る。

二限終了後は長めの休憩時間がとられている。

虫の知らせのようなものを感じてオレは席を立った。話がさらに面倒くさく進化しようとしている、そんな気がする。

魔法に精通した者は世界を循環する魔力の流れに敏感になり、第六感が発達するのだという。ぼんやりとだが自分の望むものがどこにあるのかわかるらしい。

果たして、レオハルトのいる教室をのぞいてみれば。

「妃候補をさがしている？　それなら留学先に我が国を選ばれたのはよいことですね。ご覧になってわかるとおり、この国には色とりどりの花が美しく咲くのですよ」

「それは嬉しい。そなたのような者と知りあえたのは心づよい」

そこにはなぜか、レオハルトの正面に腰かけて和気あいあいと語らっているラファエルの姿。ドメニク殿の息子であるラファエルは、本人も《魔法使い》の資格をもつ将来のオレの側近候補である。人前では一応それなりの人間性をよそおい、知的な風貌とやわらかな物腰、侯爵子息という地位から女性の注目を集めやすい。

隣国の王子と学園一のモテ男のならぶ光景に、周囲の令嬢たちは頬を染めている。

「ひきずりだしましょうか」

「いやそれはちょっと……」

ハロルドがわりと真剣な口ぶりで尋ねるのに首をふる。この二人はハイテンションとローテンション、風紀を乱す側と凍りつかせる側、油と水の関係である。

ハロルドが強硬手段にでないうちにオレは言った。

「ラファエル、ここでなにをしている」

「おや、ヴィンセント殿下」

「ヴィンセントじゃないか」

ラファエルとレオハルトはいま気づいたとでもいうように顔をあげてオレを見た。いや絶対気づいてただろ。

オレの質問には答えず、ラファエルは典麗なる礼をすると席を立つ。

「見咎められてしまっては仕方ない。レオハルト殿下、次にお会いできるのを楽しみにしておりますよ」

「こちらこそ、貴殿とはまた話がしたい」

「……せめて放課後に、別の教室でやってくれ」

オレが現れたことによって一回生の教室はちょっとした恐慌状態に陥っていた。

留学でやってきた王子というだけでも気を使うのに、自国の王太子、その乳兄弟、有力な侯爵家の子息とそろえば当然である。入学したてで上とのつながりのない新入生たちには刺激が強すぎた。

そういえばリーシャ嬢は、とさがせば窓際の席で参考書に顔をくっつけるようにして私は関係ありませんオーラを放ちまくっている。

「行くぞ、ラファエル」

呼べば素直に従い——と思いきや後輩たちにむかってウィンクをしてみせたラファエルのせいで教室が黄色い歓声につつまれる。なぜか子息連中まで頬を染めている。

……まぁ、誰もが「なんかよくわかんないけどすげーもん見ちまった！」という顔になっているので、ラファエルがこの教室を訪れた目的をまともに考察する者はいないだろう。

しばらく廊下を歩き、人目のなくなったところで立ちどまった。

「で、なぜレオハルトに近づいた」

ため息をつきながら問う。校舎の異なる三回生の教室からわざわざ移動してまでやってきたのはそれなりに理由があるはずだ。

ラファエルは首をかしげて薄く笑み、今度はオレの問いに答えた。

「王子様に用があったわけじゃないんだ。留学生の女の子がきてるっていうから」

「お前、あれだけ親しげにしゃべっておいて……」

「ふふ、しかも君からは邪法の匂いまでするじゃないか。……なるほどね、父上が呼びだされていたのはそのせいか」

モノクルのむこう側の目が細められ、じっとオレを見つめる。

「鼻がいいな。詳細は明かせんぞ」

「面白そうなのにねぇ」

なにも言わずとも大方は察しているのだろうが。

オレからラファエルに情報を渡すことはない。なぜなら──、

「君の婚約者様には接近禁止令がでてるからね、ボクは」

そういうことだ。

この恋多き歩くナンパ男、いまは一途に想う相手がいるとはいえエリザベスに近づけるわけにはいかない。ラースのことを明かせばエリザベスにたどりついてしまう。さっそくリーシャ嬢に目をつけたようだしな。

オレの心を読んだかのようにラファエルは笑った。

「気になるじゃないか、王子様に連れられてやってきたのが黒髪に黒い瞳の男爵令嬢だなんて。まるでボクのユリシーちゃんのようだろ」

「──……」

言われて、思わずラファエルを見た。

ラースの騒ぎにまかれてうやむやになっていた疑念──『乙星』の主人公と似た黒髪・

黒目に男爵令嬢という地位。それらを使い、ユリシー嬢が王妃の座を狙った（そしてラファエルの手中に落ちた）のはつい数か月前のことだ。

ふたたび一致をみせるキーワードになにかを感じたのはオレだけではなかったか。

「しかもあの子、どうやら魔法の素養があるらしい。魔力の質・量ともに申し分ない」

「なんだと？」

「本人も、レオハルト様もわかってはいないようだけどね。気になるだろ？　彼女の価値を知らないくせにわざわざ連れてきたあの王子様がなにを考えているのやら」

すらりとのびた指の先を顎にあて、ラファエルは口元をゆるめる。

金髪に紫の瞳の伴侶とやらをさがしているらしいレオハルト。その特徴もまた、『乙星』で主人公に嫌がらせをしていた公爵令嬢のものである。

さらに魔法が絡んでくるとなれば、事態が面倒な方向へ進むのは目に見えている。

「ボクのことが必要な気がしてきたろ♡」

「……時がくればこちらから連絡する」

「りょーかい☆」

小首をかしげておどけた敬礼をかえすラファエルは、ハロルドに絶対零度の目で見られてもまったくひるまなかった。

放課後、馬車の用意をさせると、オレはエリザベスを迎えにサロン室へむかった。週に二度、決まった曜日にエリザベスは友人の令嬢たちと勉強会をひらく。今日は参加できないことを伝えてから帰りたいという話だったのだが。

案の定、そこにはレオハルトとリーシャ嬢がいた。

「エリザベス様、ぼくの申し出を受けてはくれませんか。ぜひ我が国をご覧いただきたいのです」

「ええ、いずれ、ヴィンセント殿下とうかがいますわ」

令嬢たちの冷たい視線をものともせず、レオハルトは輝くばかりの王族スマイルを浮かべて言いよる。が、エリザベスにはまったく効果がない。恋愛感情をもたない相手にいくら粉をかけられようと残酷なほど反応しないのがエリザベスである。

あ、過去のトラウマが心をえぐる……。

「私からお声をおかけしましょうか」

胸を押さえるオレにハロルドが先ほどの「ひきずりだしましょうか」と同じトーンで尋ねてくる。レオハルト、ハロルドの中で遊び人《ラファエル》カテゴリに分類されているんだな……。

オレは無言で首をふると、エリザベスをかばうようにしてレオハルトとのあいだに割りこんだ。

「オリオン国の訪問か。新婚旅行《ハネムーン》のおりにはそれもいいだろう」

「ヴィンセント殿下！」

エリザベスが声をあげる。

途端、肉食動物のごときしなやかさで音もなく令嬢たちがこちらを見た。目がぎらぎらと輝いている。彼女たちは皆エリザベスのよき友人であり、一部は護衛である。

隣国の王子相手ではやりづらかろうと思って加勢にきたのに、端的にいって怖い。

『いったいどういうことですか、これは？』

まったく声にはでていないし口も動いていないのだが、彼女らの言わんとすることはわかった。オレはついに読心術を身につけたのだろうか。

首をふって不本意を示す。知らん、オレも知りたい。

「迎えにきたんだ、エリザベス」

「ありがとうございます、ヴィンセント殿下……」

視線をあわせてほほえみかければ、白い頰が上気し、エリザベスの手がぎゅっと拳に握られた。オレが結婚に関する単語を口にしたせいで色々と思いだして平静がたもてなくなったようだ……かわいい。

ふっ、レオハルトよ、これがアウトオブ眼中な男と意識されている男の違いだ。

エリザベスのかわいさに令嬢たちも表情がゆるみまくり、猛獣じみた圧が消えている。

ありがとうエリザベス、君はいつもオレを救ってくれる。

「ごきげんよう、殿下」

「お久しぶりでございます」

「あぁ、皆も久しいね」

構えをといた令嬢たちと挨拶をかわす。

さすがにここでこれ以上はまずいと判断したのか、レオハルトは肩をすくめた。

そういえばリーシャ嬢は……と見まわせば、ペンとノートを抱きしめて一人離れたところで固まっていた。王族と貴族のつどいから完全に孤立している。わけもわからぬままにレオハルトに連れてこられたという体であった。

「リーシャ、こちらへ。実は、この場にお邪魔したのはもう一つ理由がありまして」

そんなリーシャ嬢を呼びよせると、レオハルトはにこりと笑って前に押しだした。

「エリザベス様、この貴婦人のサロンにリーシャも交ぜてやってくれませんか」

「え、ええええぇぇっ!?!?」

「このとおり、リーシャも熱意に燃えております」

レオハルトが勉強道具を指さす。たったいま目ん玉ひんむいて驚いたリーシャ嬢の叫びは完全に無視である。リーシャ嬢を勉強会に参加させることで学園内でもエリザベスとのつながりをもとうというのだろう。

リーシャ嬢も苦労人だ。第二王子の留学に巻きこまれたと思ったらそいつは留学先の王太子の婚約者に横恋慕。男爵令嬢の身で諫言《かんげん》もできない。

「せっかくの留学なのですから、学ばせてやりたいのです」

しれっと言うレオハルト。

エリザベスは気づかう視線をリーシャ嬢に視線をむけた。

「ええ、それは、リーシャ様がよろしいのなら……」

「は、はい、ぜひ」

リーシャ嬢はこくこくとうなずく。

エリザベスがいいと言うならばほかの令嬢たちに異存のあるわけもなく、リーシャ嬢のサロン加入はあっさりと決まった。

まぁオレとしてもレオハルトとリーシャ嬢の様子を見るという名目でエリザベスに会いにこられるからよしとするか……。

とはいえ、勝手な真似を許すのはここまでだ。

「あまり無理は言うなよ。マリウス殿のお耳に届けばどうなるか」

兄の名をだして釘を刺す。なんなら兄君に報告をいれてもいいんだぞ、という言外の脅しだ。レオハルトはマリウス殿には逆らえない。

――しかしその一言は、想定外の人間に効果をもたらした。

バサッと物の落ちる音にふりかえれば、隣ではリーシャ嬢が息をつめ、両手で頬を覆っている。床には散らばったペンとノート。

指の隙間から見える顔は湯気がでそうなほど赤かった。

帰路はまた、エリザベスを馬車に同乗させて王宮へ戻った。

エリザベスは二人きりになった途端におし黙り、頬を染めて視線を伏せている。

学園から王宮への道は短い。いったいなんと声をかければ緊張をとけるのかと考えているうちに、馬車は門へとすべりこんだ。

朝ぶりのラースは、……母上に足首をつかまれていた。

「もしかしてずっとこのままで……？」

「目を離した隙に逃げられては困るでしょう。エリザベス嬢のもとへむかうかもしれませんし」

「それは、たいへんお手数をおかけいたしました」

真顔でかえしてくるので言葉を額面どおりに受けとりそうになるが、裏の意味としては「自分だってエリたんに会いたいのを我慢してるのにコイツにだけおいしい思いをさせるかオラァ」である。エリザベス、恐縮して礼をしなくていい。

母上の隣にはドメニク殿がいた。「朝から……?」と呟いてドン引きの顔で母上の手元を見ているのでラースを封じているのは相当難易度の高い魔法らしい。

さすがあく……奇跡と呼ばれた王妃。

「それで、ドメニク殿がいらっしゃるということは、ラースに関してなにかあるのでしょう?」

単なる報告なら父上に話して終わりのはずだ。

水をむけるとドメニク殿は我にかえった顔になって背筋をのばした。

「はい、まずは、ドルロイド邸に残された魔法陣についてですが……」

ドメニク殿の語るところによれば、魔法陣はやはり邪竜を召喚するためのものだったという。

しかしそもそも邪竜は厳重に封印されているため、完全なる召喚は不可能だ。肉体と魂の両方を捧げて封印にほころびをつくり、かろうじて漏れでた瘴気で己を竜化させる程度にすぎない。

「肉体と魂の両方を……」

「左様です」

ドメニク殿が表情を曇らせる。それが示すのは、ラースがもはや人間には戻れないということだ。

いま事実としてあるのは、我が国に邪竜と呼ばれる存在が一頭いる。ただそれだけ。邪竜が現れたとなれば、国を守る者として、討伐せねばならない。

「しかし、魔法陣に組みこまれた術式は召喚のみではありませんでした」

青ざめたエリザベスにむかってドメニク殿は手をあげた。まだ話は終わっていない。

ドメニク殿の眉間に深い皺《しわ》が寄った。逡巡《しゅんじゅん》ののち――決意したように口をひらく。

「魔法陣には、エリザベス様との契約が組みこまれていました。現在、この黒竜はエリザベス様の支配下にあります」

「……!?」

エリザベスが目を見ひらく。

「普通ならば邪竜と契約を結ぶことなどできないのですが……エリザベス様のものと思われる金髪が、媒介に使われていました」

「――あ……！」

『ドレスをつかまれ、髪をひかれまして……』

エリザベスの言葉がよみがえる。いまより一〇年も前、はじめてエリザベスに会ったラースは自分の感情をうまく表現できなかった。幼い二人は喧嘩《けんか》別れし、エリザベスはオレの婚約者となった。

プライドが高く意地っぱりであったラースが、邪竜へと身を投げるほど恋心をこじらせた原因。

小さな手に絡みついた金髪を、大切に保存していたのだろうか。ただの変態じゃないか。

冷たい視線をラースにむけるとオレを敵視しているはずの邪竜はササッと視線を逸らした。己の前身がなにかまずいことをしたというのはわかるらしい。

「なるほど、それでエリザベスの部屋へと一直線に現れたわけか」

エリザベスの居場所を見つけ、そばにとどまるために、契約は必要だったのだ。

竜や魔獣のたぐいは、人間と契約を結んだ場合はその者の守護者となる。

「……なら危険はないということだな。エリザベスの命令に絶対服従であるかぎり、ラースを討伐する必要はない」

はぁ、となんともいえない息が漏れる。

逆にそれはラースの生殺与奪をエリザベスが握るということだ。竜の守護を得ることは我が国にとって利益となるが、ラースが叛逆《はんぎやく》の意を見せた場合、エリザベスは彼女の責任においてラースを処分せねばならない。

父上はきっと、エリザベスの思うようにせよと言ったのだろう。

王家からの命令としたほうが気も楽だろうに、エリザベスに選ばせようとしている。

「どうする、エリザベス」

オレの問いに、エリザベスは顔をあげた。真剣なまなざしだった。委ねられた選択の重さを知る目。

ラースと契約を結ぶというのであれば、エリザベスにはさらなる責任がのしかかる。

しかしエリザベスは悩まなかった。自分よりも国を第一に、それがエリザベスである。

「ラース様に、わたくしの守護竜となっていただきます」

静かなる宣言が広間へ響く。

い～～～な～～～。

心の声が外にでないよう真面目な顔で、選択に同意する、という余裕を見せつつうなずく。

ラースは紅と黒に目をチカチカ点滅させながらオレを見てくる。理由はないが自慢されているということだけはわかった。腹立つな。

「では、この者を自由の身としましょう。誠心誠意エリザベス嬢に仕えなさい」

母上が手を離す。ラースは尻尾をぱたぱたと揺らしながらエリザベスに近づき、周囲をくるくる飛んだ。それは飼い主と長らく隔てられていた仔犬のようであった。

「よろしくお願いいたします、ラース様」

「きゅあぁっ」

頭をさげるエリザベスに胸をはるラース。

しかし、一〇年ごしに関係の構築に至った幸福は、長くはつづかなかった。オレですら羨ましく感じるラースのよろこびは、ほかならぬエリザベスによってうち砕かれることとなる。

エリザベスは宙がえりをするラースからすっと離れると、オレへとむきなおった。

「で、殿下、これを……」

頬を染めたエリザベスに手渡されたのは、淡い花柄の封筒にはいった手紙。封蠟もラ・モンリーヴル公爵家の家紋もない。きっと学園での空き時間に書いたものだ。

ラースが空中でぴたりと固まった。

誰がどう見てもそれは恋文《ラヴ・レター》だった。


エリザベスがうなだれるラースを連れて公爵邸に帰ったのち、自室に戻ったオレは胸を高鳴らせながら手紙をひらいた。

エリザベスの整った筆跡が目に飛びこんでくる。

『ふがいないわたくしをお許しください。

心の準備をするお時間をくださいませ。

二週間後にまた王宮にてお目にかかります。　リザ』

それだけ。

三行だけの、時候の挨拶もなにもない簡素な手紙だ。しかし読んだ者の心臓を握りつぶすのには十分な威力をもつ三行だった。

「……リザ」


胸のあたりをつかむと壁へとよろめく。

心の奥底から感情のうねりが押しよせてきて言葉がでない。

おそらく必死すぎて気づいてなかったんだろうが、これ、返事だぞエリザベス。

いや、わかるよ。見てればわかるんだよ。エリザベス、オレのこと好きだよね？？？

いままで自覚していなかっただけで、オレのアピールはちゃんとエリザベスの心に浸透していたのだ。

だから、手紙で返事をくれたのならそれでいいと思ったのだが。

あの誠実なエリザベスが、顔も見ずに気持ちを伝えることなどするわけがなかった。

態度で伝え、手紙で伝え、さらに対面で伝えようとしてくれているのか。

手紙を胸に、ベッドへと倒れこむ。幸福が胸中を満たした。

……はぁ、好き……。

# 第二章 第二王子の本性

妃さがし宣言以降、レオハルトの周囲にはさりげなく令嬢たちがあふれている。

朝の時間に始まり、授業の合間、昼食のための休憩、放課後。我こそはという者たちがレオハルトに話しかける。レオハルトは、お前それラファエルに習ったのか自前かと問いただしたくなる甘い台詞をまじえながら、決定的な答えは言わずに彼女たちをかわしつづける。

そういった行動は子息たちの目もひく。好奇や嫉妬の目がむけられた。

リーシャ嬢はレオハルトと別行動をとるようになった。聞くところによれば黙々と勉学に励み、休憩時間をも予習・復習に充てているとか。

成績は優秀というほどではないものの、真剣な態度は教師からの評判も上々であるらしい。授業中は食いいるように黒板を見つめ、わからないことがあれば質問も欠かさない。ほかの生徒たちともうちとけてきたようだ。

正反対の行動をするレオハルトとリーシャ嬢。王子の気まぐれで連れてこられたであろう身にもかかわらず自己を高めようとするリーシャ嬢にはひそかに同情と称賛が集まっていた。

「ごきげんよう、レオハルト様」

「レオハルト様、ごきげんうるわしゅう」

「このたびの留学では、妃候補をおさがしとか?」

「ならばわたくしはいかがでしょう?」

「そうですわ、エリザベス様にはヴィンセント殿下がいらっしゃいますもの」

「お二人はと〜ってもラブラブでございますのよ。残念ながら隙はございませんわ」

「ええ、それよりも私と」

「いえわたくしをオリオン王国へ!」

レオハルト監視のためサロン室を訪れたオレが見たものは、標的《ターゲット》にわらわらと集まるエリザベスの友人兼護衛たちであった。

おもてむき玉の輿《こし》を狙うふりをして人の壁をつくってエリザベスを隠し、牽制《けんせい》している。あっぱれな働きだ。オレを応援するためというよりは「エリザベス様が国外にでたらついていけないから嫌」という必死さが透けて見えるが、結果さえだせば思想信条は問わん。

これだけ迫られても誰一人として本気でオリオン国へ行く気がないのがわかっているらしく、レオハルトは苦笑いを浮かべている。

「皆様、レオハルト様が困っていらっしゃいますわ」

エリザベスが言うと令嬢たちはさっと離れるものの、今度はマーガレット嬢を筆頭にエリザベスの周囲に集まっておしゃべりをはじめた。

すごい、エリザベスが見えない。オレもまだ気づいてもらえていない。

「あら、サロンの時刻ですわ。終わりましたらお会いいたしましょう。ごきげんよう」

また令嬢たちが寄ってくる。みっちりと隊列を組んでふくらんだスカートに圧を感じてあとずさるうち、いつのまにか廊下の隅まで追いやられていた。

最後までエリザベスの視界にはいることができなかった……とおちこんでいるオレの隣で、ハロルドも微妙な顔をしていた。マーガレット嬢に気づいてもらえなかったらしい。

レオハルトがふふっと笑いを漏らす。

「ぼくは嫌われているようだな。……いや、彼女がとても好かれているのか」

「両方だろう」

窓ごしにのぞけば、サロン室の後方の席ではリーシャ嬢がノートを読んでいた。徐々にその顔は曇り、眉間に皺が寄る。どうやらノートをとったはいいものの理解できないのだ——というのが離れた場所からでもわかった。

令嬢たちの一人がのぞきこみ、記述を指さしながらなにか言った。リーシャ嬢は考えこむ顔になったあと、パッと花のほころぶような笑顔を見せた。

何度も頭をさげ無邪気に笑うリーシャ嬢に、教えた側の令嬢もつい口元をゆるませている。

なるほど、本来『乙星』がめざしていた主人公《ヒロイン》とは、こういうものであったわけだ。

なんともいえない気分になりながらレオハルトをひっぱって隣の部屋へはいった。レオハルトがエリザベスの帰邸をまつのは想定済みであるため、空き部屋を確保させたのだ。

サロン室よりひとまわり小さな造りの室内には、ハロルドの計らいでちょっとした飲み物と軽食が用意されている。エリザベスの好きそうな甘味もあった。

「これは……」

「お隣にもさしいれてございます」

「よくやった」

ハロルドが胸に手を当てて礼をする。マーガレット嬢へのポイント稼ぎだとしてもエリザベスの好物をエリザベスとそれほど離れていない空間で食べられるというのはオレも嬉しい。

近ごろ魔力集積の鍛錬のおかげかエリザベスの気配を感じられるようになってきた気がするのだ。精神を研ぎすませば同じタイミングで食べられるかもしれん。仮想逢瀬《バーチャルデート》というやつだ。

「ハロルドもどうだ。相席を許すぞ」

きっとオレと同じく婚約者の気配を感じながら婚約者の食べるスイーツを食べたいだろうとそう言ってやったのに、ハロルドは直立のまま首をふった。

「私はそこまで極めておりませんので……お気持ちだけいただいておきます」

「そうか」

アバカロフ家は武闘派だから、魔法の修練はそれほどしないのだろうか。

さて、問題はレオハルトだ。

いつでも食べられるようにマカロンを右手にセットすると、オレはレオハルトを見た。

ハロルドからの情報によれば、オリオン国は想像以上に面倒くさいことになっているらしい。

第一王子マリウス殿はオリオン国のアカデミアを卒業後、ほとんど人前に姿を現さなくなった。不愛想で冷血な人間だという噂が流れ、国民の人気は第二王子であるレオハルトにかたむいた。このため家臣たちのあいだでも意見がわかれ、マリウス殿には宰相アクトー侯爵をはじめとする歴史の古い貴族たちが、レオハルトには若い貴族たちがつき、対立を深めているという。新興貴族たちは弟の下剋上《げこくじょう》とともに貴族の勢力図も描きかえる気でいるようだ。

そんななか、王家が進めていたマリウス殿とアクトー侯爵家の次女殿との縁談が、突如として白紙に戻ってしまった。ついにアクトー家すら離反か、いや王家からの縁切りでは、などと憶測が飛ぶ。ふた月ほどたって、レオハルトの急な留学打診。

順当に考えればレオハルトの行動は対立を激化させないため、他国へ留学することで王位継承争いをする気がないと示したことになるのだが――留学先の我が国で妃さがしをしていることが問題だ。

「縁談については、お相手のアクトー侯爵家から辞退の申し出があったそうです。理由は明確にされておりません。ただ、次女殿と三女殿が大喧嘩をしながらレオハルト様の名を口走られたという話が……」

眉をひそめていたハロルドの表情を思いだす。

ありがちといえばありがちだが、実際に隣国で起こったとなるとなんともいえぬスキャンダルである。侯爵家からすればレオハルトによる立派な攻撃。婚約者候補に立てる年頃の娘を二人も骨抜きにされたのではたまったものではない。

「しかしアクトー侯爵もただの被害者とはいかないようで……宰相の座を利用し、オリオン国内でとれた魔石の横領をしているという噂もあります」

ハロルドはそう締めくくった。

これらの情報と、リーシャ嬢の反応を考えあわせれば……あれだけ口説いているエリザベスを政略の渦にぶちこむ気満々なんだよなぁ、こいつ。

いけしゃあしゃあと紅茶をたしなむレオハルトを流し見る。

エリザベスはオレの唯一にして最大の弱点だ。そこをぶっ叩くことでオレを動かそうとしている。

「相かわらず人間性が最低だな、お前は」

「ようやく口をひらいたと思ったらそれ？　ひどいなぁ」

レオハルトはおだやかな、やさしげな笑みを浮かべる。慈愛に満ちた、つくりものの表情だ。オレもよくするからわかる。内心は真逆。

挑発されている。

「オリオンでも『乙星』は人気のようだな。マリウス殿が愛読されているとか」

「ぼくはエリザベス様に恋をした。彼女を伴って国に帰りたい。それでいいだろう？」

「いいわけがあるか」

本心でも本心でなくても絶対に首肯できない主張だ。

「あやしい動きをすればこの国から叩きだすぞ」

わかったか、とすごんでみせれば、レオハルトは目を細めて唇をたわめた。

「ぼくはもうなにもしないよ。ぼくはね」

うすら寒く感じるような笑みだった――気づけば手にもったマカロンにはひびがいっていた。

王宮には様々な部屋があるが、密談用の部屋というのは少ない。応接間のたいていの壁には隠し穴があり、そこに怪しいやつらを案内して中の様子をのぞいたり聞き耳を立てたりする。

エリザベスの手紙を読んでから二週間、オレは王宮内をくまなく検分し、エリザベスと二人きりになれる場所をさがした。父上や母上に会話をさぐられない場所を。王族というのもなかなかに難儀である。

エリザベスを招くにふさわしい部屋を見つけ、使用人たちはもちろんハロルドやラースにも退室してもらった。ラースは甘えるようなうなり声をあげてごねていたようだが、エリザベスの命令《おねがい》には逆らえずに尻尾をたらしながらでていった。

そして現在オレとエリザベスは、二人きりでむかいあっている。

エリザベスはまっすぐにオレを見つめる。その瞳はキラキラと輝き、頬は紅潮した。シャンデリアが投げかける無数の光が、金の巻き毛を舞う。

希望に胸をふくらませながらオレはエリザベスの言葉をまつ。

問う必要などない。エリザベスは、オレに告白の返事をくれようとしているのだ。

プレッシャーを与えないよう、なんでも受けいれるよという許容と余裕を前面にうちだした王太子スマイルを展開する。

ついに、エリザベスは緊張した面もちで切りだした。

「で、殿下、先日はお気持ちを聞かせていただきまして、ありがとうございました……お返事ができずに、たいへん申し訳ありませんでした」

「こちらこそ突然すまなかった。驚かせてしまって」

「いえ、わたくしのせいです。……今日は、挽回《ばんかい》させてくださいませ」

気持ちをおちつけるように小さく息を吸い、はいて。

「で、では……」

ふたたび唇はひき結ばれ。

ひらく。

「わ、わたくしも、ヴィンス殿下を、お慕いしておりましゅ……っ」

一息に言いきり、エリザベスはオレを見た。

「……」

オレもエリザベスのまなざしをしっかりと受けとめながら、告げられた想いが脳に浸透していくのをまった。

熱視線をぶつけあうこと、数秒。

「……かんだ……?」

「！！！」

思わず言ってしまうと、エリザベスは真っ赤になった顔を両手で覆った。しかし逃げてはならないという克己心からなのかそろっと指の隙間からこちらを上目づかいにうかがってくる。

…………かわいいがすぎるだろ……。

内心で雄叫びをあげることもできずにオレはほほえんだまま立ちつくした。

なんだろう？　心が凪《な》いでいる。ここが楽園か……。

じゃなくて、失言を詫《わ》びなければ。

「無粋なことを言ってすまなかった。リザが一生懸命に気持ちを伝えようとしてくれているのがわかった。とても嬉しいよ」

顔を隠していた手をとり、両手でつつむように握ると、エリザベスは目を潤ませた。

「ありがとうございます、ヴィンス殿下……」

「ぼくのほうこそ、ありがとう。本当に嬉しい」

「殿下が言ってくださらなかったら、わたくしは永遠に自らの気持ちに気づけなかったかもしれません」

永遠に、か……告白して本当によかった。

「これからは、その……恋人として接してくれ」

「は、はい」

さすがに頬に熱がのぼる。オレにつられたのか顔から湯気がでそうになりながらうなずくエリザベス。アメジストの瞳が吸いこまれそうに瞬いている。

これでオレたちは名実ともに婚約者となることができた。妙な夢にうなされることもあるまい。

というかいま、めちゃくちゃいい雰囲気なんじゃなかろうか。エリザベスのオレへの信頼度・好感度がぐんぐんあがっているのを感じる。

これは、もしかして、もしかするのか⁉

手に力をこめ、一歩エリザベスに近づいた。

期待に高鳴るオレの胸に応え、エリザベスはオレの手を握りかえす。

そして、二人の視線はしっかりと絡みあい――、

「我が身の修業不足を恥じいりました。この不名誉、必ずや雪《そそ》ぎたく思います」

放たれたのは、甘いムードを一掃する決意表明。

「……ふめいよ?」

「ヴィンセント殿下。わたくし、ずっと気になっておりました。レオハルト様はなぜわたくしにあのようなことをおっしゃったのか。なにかご事情があると思うのです」

「それはぼくも同意だ」

エリザベスは知らないが、オレはレオハルトの真の性格を知っている。結婚という二文字からほど遠い人間であることも。

でも、それ、いま……？

「殿下の婚約者として、恋人として、状況を放置するわけにはまいりません。隣国とはいえ王太子の婚約者に求婚するなど、本来ならば非礼の極み」

アメジストの瞳がひたとオレを見据える。握られた手にぐっと力がこもった。

「わたくし、レオハルト様と話しあってみます。我が国に害をもたらす芽なら——叩きつぶさねばなりません」

一瞬オレすらも叩きつぶされそうな圧を感じてあとじさりかけた足をとめる。

大丈夫、オレはエリザベスが好きすぎるだけで、国に害は与えない。むしろものすごく真面目に統治するつもりだから！

「ゆきましょう、ヴィンセント殿下」

高潔なる乙女に手をひかれ、オレに反論の隙はなかった。

どうやらエリザベスはすでに、渦中へ飛びこむ覚悟をすませていたらしかった。

事情を明らかに。そう決断したエリザベスの行動は早かった。

同じ王宮にいるのだからとレオハルトに面会を申しこみ、ハロルドとラースも連れて先ほどの部屋に戻る。

レオハルトはにこにこと毒気のない笑みをはりつけてエリザベスにむきあった。それに対してのエリザベスもおだやかにほほえんでいる。

「レオハルト様、やはりお気持ちに応えることはできません。わたくしはヴィンセント殿下の婚約者なのです」

「わかっていますよ。けれどぼくだって諦めきれない」

「他国の王太子の婚約者——そんな立場の人間に結婚を申しこむなど、誹《そし》りは免れません。なにかお考えがあってのことでしょう。なぜわたくしのような者にそこまでおかまいになるのか、理由をお聞かせ願います。さもなくば、レオハルト様はこの国に無為な混乱を招いたということになってしまいますわ」

「理由など……あなたの美しさに心を奪われたからにほかなりません、エリザベス様。さぁぼくの手をとってオリオンへ」

やさしく、言い聞かせるようにエリザベスは説いた。

しかしレオハルトも表情を変えぬまま、気障《きざ》な台詞を朗々とならべ連ねる。問いに答える気がないのは誰の目にもわかった。ハロルドのいる方角から冷たいオーラが立ちのぼっているのが感じられるが怖いので見ない。ラースもなにかやる気の表れなのかふしゅふしゅと鼻から煙をあげているが、こっちは別に怖くないので見ない。

エリザベスは視線を伏せ、悲しそうに言った。

「そうですの、どうしても駄目だというのですね……なら」

うつむいたままで、ちょいちょい、とラースにむかって手招きをするエリザベス。尻尾をぴこぴことふりながら飛んでいくラース。完全に犬である。

ラースをかたわらに浮かせ、エリザベスは目を大きく見ひらき顔をあげた。

「こっ、この……《燃え盛る鉄竜《イヴリース》》に尋ねさせても、よろしいのですわよ⁉」

レオハルトにむかってびしりと指を突きつけるエリザベス——目力がすごい。たぶんこれはあれだ、威嚇行為。

ラースもハッと気づいたらしく、目をチカチカと点灯させながら「きゅおおおおおん‼」と鳴いた。

「この子は、その昔一夜にして国を滅ぼしたという、伝説の邪竜なのです‼ あなた様を煉獄《れんごく》の底へ突き落としますわ！」

「——……」

「……」

「……」

一瞬、天使が通りすぎた。実物《エリザベス》ではなく比喩のほうの、である。

エリザベス、演技は下手だったんだな。台詞まわしもさることながら、棒読み感がなかなかのものだ。

すべてにおいて完璧だと信じていた婚約者の新たなる一面に胸の高鳴りがとまらん。

オレのトキメキをよそに、できるかぎりの恐ろしげな顔でなおレオハルトを睨みつけるエリザベス。

「おとなしく事情をおっしゃってくださいませ！　さもなくばこの邪竜の劫火《ごうか》があなた様を焼き尽くすでしょう!!」

は？？？？？　かわいいんだが？？？？？

そんなにかわいくて相手が怖がるわけないだろう。

なんだかもう怒りすらわいてきそうなかわいさにオレは完全沈黙した。ラースも一応目を光らせて宙に浮かんでいるものの、翼を動かすたびに足がぶらぶらしているので腰砕けになっているようだ。

しかしレオハルトだけは違った。

「エリザベス様……どうしてそのようなひどいことをおっしゃるのですか。それほどにぼくがお嫌いなのですか？」

眉を寄せ、悲しそうにエリザベスを見つめる。いやさっき「なにが起こってるんだ？」って顔してただろ。

その反応《リアクション》を見てオレは確信した。

やはりこいつはエリザベスに惚れていない。惚れていたらオレやラースのようになるはずだ。あまりのかわいさに内心で悶絶し、言葉を発することなどできん。

なによりエリザベスの演技についていっているのがおかしい。

「そ、そんな……嫌いだなんて」

自分が脅したにもかかわらず動揺するエリザベス。

はぁ、もう、かわいい。

深呼吸を一つして心をおちつける。

レオハルトの企みにのるのは癪《しゃく》だったが、そうも言っていられない。相続争いは王家ごと国を滅ぼすこともある。隣国である我が国に影響が及ばないとは限らない。当事者のレオハルトがこっちを巻きこみたがっているなら余計にだ。

オレも覚悟を決めるときだと観念した。

「そこまでだ、レオハルト。素直に白状しろ。エリザベスは慈悲を見せたがぼくはそうではないぞ。この国に災いをもたらすつもりならばしかるべき措置をとらせてもらう」

あえて鋭い声をつくり、茶番の中に割ってはいる。ラースが皺だらけの顔でなんとなくホッとしている気配がする。

本来はエリザベスをとめるべきかもしれないが、こんなに一生懸命やってくれたエリザベスに「そこまでだ」なんて言えない。

「ヴィンセント殿下……」

オレを見上げるエリザベスにうなずく。あとは任せろ。

「ふぅん、ついに協力してくれる気になったんだね？」

レオハルトは小首をかしげ、立てた人さし指を唇にあてた。年齢に比較して幼くかわいこぶった仕草は見おぼえのあるものだ。だんだん本性がでてきたな。

「そうだな。ぼくはこの（エリザベスと幸せな新婚生活をすごすための）国を守らねばならん。先ほどエリザベスに言われて思いだしたのだ、王太子としてのぼくの責務を」

「――それはよかった」

ざわり、と空気が揺れた。

うつむくにつれて、レオハルトがはりつけていたもの柔らかな笑顔がくずれる。口角はゆるりとつりあげられ、前髪に隠れた視線は仄昏《ほのぐら》い影を投げた。

シャンデリアの光にさらされているはずの顔にありえない陰影が落ちる。

見る間にそれは、これまでの無邪気な少年からは想像もつかない、禍々しい笑顔と化した。

「……‼」

息をのむ気配。エリザベスだけでなく、ハロルドも、ラースですらも絶句する。

これがレオハルトの本当の顔。

まるでやつの顔面にだけ闇がまとわりついたかのような……。

部屋の空気が冷たく沈み、足元から重たい悪寒が這いあがってくる。もう克服したはずの例の悪夢を思いだし、オレは顔をしかめた。

本能的に恐怖を感じる笑顔、心の中のもっともおぞましい記憶を呼び起こす笑顔……いうなれば暗黒微笑。

ラースがエリザベスの前に飛びだすと「シャギャ――ッ!!」と警戒の声を発した。煽《あお》るために点滅させていた目は完全に紅く光っている。

うん、その反応は正しい。オレが手をあげるとハロルドは反射的に臨戦態勢にはいっていた構えをとく。幼いころの交流ゆえオレには耐性があるが……そうでなければハロルドはレオハルトを組みふせていただろう。

エリザベスも、表面上はなんともない顔をしているが内心ではおびえていると思う。

「その顔をやめろ、レオハルト」

「ふふ、だって君がついに動く気になってくれたみたいだから、嬉しくて」

「こっちが痺《しび》れを切らすのをまっていたんだろうが」

肩をすくめると、レオハルトは表情をもとの笑顔に戻した。

全身にかかっていた空気の重みが消え、肩の力を抜く。

どうしてあのおっとりとした国王夫妻からこんな怪物が生まれてしまったのか、それはオリオン建国以来の謎であるとオレは思っている。

レオハルトは昔からかわいらしい顔立ちで、ネコをかぶった性格は純真だ。それがいきなり悪魔の笑みを浮かべるので、暗黒微笑を見た者はギャップに耐えきれず三日三晩寝込

ム!

むという噂まであった。実際に何人かの家庭教師が犠牲になったらしい。

大司教の悪魔祓《ばら》いまでやってもう一〇年近くはでていないと聞いていたが……単に物心がついて自制していただけだったか。

「エリザベス、これがレオハルトの本性だ」

「ほんしょう……」

「そう。レオハルトはとても性格が悪い」

レオハルトがオレを見る。お前もそうだろ、って言いたいんだろ、誹りは甘んじて受けるが、エリザベスの前では絶対言うなよ。

ハロルドもチラッとこっちを見るんじゃない。ラース、貴様だけは許さん。

「それからもう一つ」

オレが、レオハルトの求婚をはなから信じていなかった理由。

そしてまたレオハルトの性格の悪さが、表面化せずに隠しとおされてきた理由。

「レオハルトは、極度のブ、ラ、コ、ンだ」

一瞬、沈黙が落ちた。

世界の頂点これすなわちマリウス殿――それだけがレオハルトの人生哲学である。本性を表沙汰にしてマリウス殿に嫌われること、それだけがレオハルトの恐怖。だからネコをかぶり、完璧な弟を演じようとする。

マリウス殿をエリザベスに置きかえれば、オレにとっても非常に共感できてしまう二面性なのだが……。

「……ぶら、こん？」

エリザベスはきょとんとしている。

わかりやすく単刀直入に言ったというのに、純粋すぎるエリザベスには伝わらなかっ——あ、そうか。

「ブラザー・コンプレックスの略だ」

「まぁ……コンプレックスとは、心的要素の複合状態を指しますわね。特定の人や物への強い執着として現れることが多いと聞きます。ということは、レオハルト様はお兄様に……？」

伝わった。

砕けた俗語は知らないが、正式名称なら知識として理解できるのがエリザベスの花嫁修業のたまものである。

「失敬な、誰がブラコンか。マリウス兄様《にいさま》の完璧なお姿、立ちふるまいを前にすれば心奪われるのは誰しも当然のことだ。ぼくは人間として当然の反応をしているまでだ」

「こういうことだ」

レオハルトを指し示す。エリザベスはいまいちぴんとこないようで、頬に手をあて首をかしげた。

「そのお気持ちはとてもよくわかりますわ。わたくしがヴィンセント殿下を思い浮かべるときと同じです」

「ぐぎゃっ」

「わたくしもヴィンセント殿下・コンプレックスということでしょうか」

そんなに重大なものだとは……と不安げに眉をひそめるエリザベスに、ラースが悲鳴をあげてひっくりかえった。床にのびて腹をだしている。いやオレもまさかこんなところで撃たれるとは思わなかった。しっかりしろラース。

胸に手をあてて鼓動をしずめようとするも無駄だった。

それならオレはエリザベス・コンプレックス、略してエリコンか？　とかいう疑問が沸騰した脳内を駆けぬけていく。

「その……ぼくたちは婚約者だからおかしくはない。けれど彼らは兄弟だから」

「でももしヴィンセント殿下がわたくしのご兄弟であらせられたとしても、敬愛の念は変わりませんわ」

「エリザベス様はすばらしい論理的思考能力をおもちです。やはり我が国へお越しいただき兄様に面会を――」

「まてっ！　そこで好感度をあげるんじゃない！」

レオハルトの目がキラキラと輝いた。「この人なら兄様のよさを語りあうことができそう」という期待に満ちあふれて。

常識で考えろ、エリザベスがほかの男を褒めるための旅など許せるわけがなかろう。

「この話は終わりだ。何度も言うがエリザベスはぼくの婚約者だ。話を戻すぞ」

「ぼくがブラコンだとか言いだしたのはヴィンセント、君だけど」

「とにかく、君がマリウス殿から王位を奪おうなんて思ってもいないことはわかる」

唇を尖《とが》らせるレオハルトをサクッと無視して話を進める。

「この一年、マリウス殿はほとんど人前に姿を見せていないそうだな。しかも久々のお目見えになったはずの縁談を誰かさんがぶち壊したとか」

レオハルトはにやりと唇をつりあげた。例の微笑だった。

……もしかしてこの笑顔、マリウス殿のことを思いだしたときに発生するのだろうか。

学園で見たアレもそうか。

「へぇ……短期間でそこまで調べるとは、さすが王家の右腕と名高いアバカロフ家」

「お褒めにあずかり光栄です」

賛辞を口にするレオハルトにむかってハロルドは礼をする。アバカロフ家が我が国の諜《ちょう》報《ほう》を担うことは他国にはそれほど知られていない。とはいえ隣国の事情を勝手に調べさせてもらった以上、こちらも少しは手のうちを明かしておくのが礼儀だ。

ここから先はマリウス殿に関わってくるから、レオハルト本人に言ってほしくもあるしな。

オレの意図を察したらしい、レオハルトはわずかに視線をあげ、遠くを見る目つきになった。

「マリウス兄様が人目を避ける理由、それはとても単純だ。聡明《そうめい》で理知的でつつしみぶかい兄様は、謙虚でもあらせられる。……早い話が、人前にでるのが恥ずかしいのだ」

背後でハロルドが胸に手をあてて頭をたれた。アバカロフ家が仕入れてきた情報と同じだということだ。

マリウス殿の弱点──それは、《人見知り》および《あがり症》。

正直レオハルトの本性に比べればとてもかわいらしい欠点だとすら思うのだが、人の上に立つ王としてマリウス殿はどうしてもご自分が許せないらしい。

しかも堂々としたふるまいをしようと努力するほど、生来の性格とあいまって空まわり、威厳ではなく威圧を放ってしまう。

レオハルトについた勢力は、マリウス殿のその態度が王にはふさわしくないと判断し攻撃した。……自分たちが推すレオハルトが超絶ブラコンだとは知らずに。

「冷酷だの冷血だの騒ぐ輩《やから》は物事の本質が見抜けぬ阿呆《あほう》よ。本物の忠誠心があれば塩対応の背後にある涙ぐましいご意向が理解できるはずなのだ」

レオハルトはやれやれといったように首をふった。まぁ、王太子《オレ》としてはそれもどうかの対象になろう。理由がどうであれ家臣からすれば期待したふるまいがされないことは非難と思うけどな。

「そういった不実の輩はぼくが裏で手をまわして制裁を加えた」

おい、マリウス殿が冷酷とか冷血とか言われた原因それじゃねーか?

「そもそも王太子を些細《ささい》なことであげつらうことが不敬だからな。彼らの願いどおりにぼくが王になったとて結果はかわらん」

オレの内心に答えるかのようにレオハルトはあっけらかんと告げる。

レオハルト派も、まさか自分たちが君主とあおごうとしている人間に制裁されているとは思うまい。

オリオン国、実はけっこう厄介な二択を迫られているな。

「とうに成人した第一王子であるにもかかわらず人前にでぬマリウス殿と、成人をひかえた外見だけは完璧な第二王子か」

おまけに学業の成績はレオハルトのほうが優秀であると聞く。

「あぁ。しかし人の上に立つ者に大切なのはやさしさだ。いくら見目がよく、頭がよく、とりつくろった上辺がよかろうと、内面の輝きには勝てぬ。そうだろう?」

オレがそれにコメントできないのをわかっていてふるんじゃない。

エリザベスは隣でじっと考えこんでいる。

能力か、性根か。正直難しい問題だ。「そうです」と即答されなくてよかった。エリザベスに内面の美しさ第一を宣言されたらオレの繊細なガラスのハートが砕け散ってしまう。

「ぼくとしては悩むところなんだ。ぼくが国王となり兄様のお姿を俗物の目から隠すべきかもしれん。しかし……ぼくはマリウス兄様が絢爛《けんらん》たる王冠をかむり、毛皮模様《アーミン》のマントを羽織り、玉座からぼくを見下ろす様が見たいのだ……」

「完全にそれが理由じゃねーか」

頰に手をそえ悩ましげなため息をこぼすレオハルトに反射的につっこんでしまってから口を閉じる。いかん。

エリザベスを見れば鉄壁の笑顔、ハロルドをふりむけば氷の無表情だった。うん、二人ともドン引いてるな。とくにエリザベスは変態の耐性がないからきついだろう。聞こえていなかったようだから結果オーライということにしよう。ラースは竜なので表情はよくわからないが目が青くなっている。

「なるほど、君たち兄弟の事情は理解した。ではもう一つ尋ねよう。……リーシャ嬢はどういった人物だ?」

それもなんとなく推測はついているのだが。

「わかっているだろう、彼女は嘘《うそ》のつけない性格だからな」

レオハルトも言った。

「兄様の想い人だ」

肩をすくめる仕草には、不本意がありありと表れている。

レオハルトの語るにいわく――。

マリウス殿とリーシャ嬢は、ある舞踏会を通じて知りあった。

人見知りおよびあがり症の克服のため、マリウス殿はたびたび素性を隠して舞踏会に参加した。それも、上位貴族たちの集う場では知る者もあろうからと、下位貴族の多い社交場へと行っていたらしい。

そこである晩、人ごみに酔い気分の悪くなったマリウス殿をそれと知らず介抱したのがリーシャ嬢だった。そのときだけは顔が熱をもつことに不快感をおぼえなかったと、のちにマリウス殿は語ったとか。

二人は幾度かの逢瀬《おうせ》を重ね、互いに惹かれあった。

しかしそこは王族と男爵令嬢の身分、おもてだって愛を語りあうわけにはいかない。

どうしたものか、と信頼する弟に相談したマリウス殿の行動は正しかったのか否か。

話を聞いたレオハルトは、なかば無理やりリーシャ嬢を同伴に指名し、国王夫妻に留学の話をねじこんだ。

「これが伯爵家以上ならまだよかった。リーシャが相手ではマリウス兄様は自分が臣籍に降りるくらいのことは言いだしかねん」

「まぁ……そうだろうな」

マリウス殿の線の細い、やさしげな笑顔を思いだす。もうレオハルトが王位を継いでマリウス殿とリーシャ嬢には地方の領地でも与えてやったらいいのにと思うのだが、それはレオハルトとマリウス殿の別れも意味する。

「マリウス兄様には王太子として、ゆくゆくは王として王宮にいてもらわねばならん。そうすればぼくが結婚さえしなければずっといっしょに暮らせる」

これである。

さすがにレオハルトの強烈すぎる愛情がわからなくなってきたのか、エリザベスがめずらしく眉を寄せている。うん、ついてこなくて大丈夫だぞ、エリザベス。

「跡目につけこんだ派閥争いが表面化してきた以上、火種を兄様のそばに置いておくわけにもいかない。侯爵家の娘と破談になった直後に田舎の男爵令嬢と愛を育んでいたとあっては……」

「王太子失格の烙印を押される、か」

侯爵家との縁談をぶち壊した本人がしれっとマリウス殿を心配そうに語るのはそらおそろしいものがあるが、ふれないでおこう。

リーシャ嬢についても話はだいたい理解した。

ただ一つ驚いたのは、レオハルトのリーシャ嬢の扱い方だ。

「理由をつけてリーシャ嬢を遠ざければそれでよかっただろう。我が国にわざわざ連れてきたということは――」

レオハルトはリーシャ嬢を王妃にするつもりでいる。

深緑の目がオレの考えを肯定するように瞬いた。

「彼女には身体をはってでもマリウス兄様を守る気概を感じた。気位だけ高く愛のない令嬢を娶《めと》るよりは兄様のお心のためにもなる」

……お前、一介の男爵令嬢をボディガード兼アニマルセラピー代わりに考えてやるなよ……。

「リーシャにも伝えてある。留学時の成績如何《いかん》で、兄様の進退が決まると」

Ｏｈ……それ以上の重たさだった。

リーシャ嬢が死にもの狂いなのはそのせいか。

「リーシャ嬢はマリウス殿の王位を望んでいるんだな？」

権威欲など欠片《かけら》もなさそうな、マリウス殿が望むならよろこんで田舎にひっこみそうな娘に見えるが。

考えながら問えば、レオハルトはにこりと笑った。

「リーシャには、マリウス兄様は王位につくため努力中だと伝えた。兄様には、リーシャは兄様の治世を望んでいると……そのためにリーシャは花嫁修業にでたのだと」

あいだに挟まってめちゃくちゃ情報統制してんじゃねぇか。

リーシャ嬢が可哀想《かわいそう》になってきた。

「マリウス兄様が王になる以上、誰と添うても兄様が精神の逼迫《ひっぱく》を感ずることは必定、ならば隣に立つ者は王族と同等程度の能力と精神力を要する」

ちらりと隣を見るとエリザベスが同意を示してうなずいていた。エリザベスけっこう体育会系だもんな……。

しかしそれでも、生まれたときから王太子であり公爵令嬢であったオレたちと、男爵令嬢であったリーシャ嬢では育ちが違う。これまでの常識を捨てて研鑽《けんさん》に励まなければならない。

それは口で語るのとは比べものにならない茨《いばら》の道であるはずだが、彼女は受けいれた。そして努力している。

オレはペンとノートを抱きかかえた少女の姿を思い起こした。ひたむきな心がレオハルトの眼鏡にもかなったのだろう。そうでなければ「マリウス兄様を惑わした女狐《めぎつね》を処刑する」くらいのことを言ってもおかしくないやつだ。

「なるほど、君はリーシャ嬢が試練をのりこえると信じているのだな」

「ぼくをさしおいて兄様の隣にならぶのだから、先に苦しんでもらわないとね」

いいように解釈しようとしてんのに二秒でぶち壊してきたな。良心の呵責《かしゃく》とか感じないタイプだ。

オレは長いため息をついた。

レオハルトを王位に就くよう説得するよりも、マリウス殿に自信をもたせたほうが早そうだ。それだけのねじくれ方を、レオハルトはしている。

「リーシャ嬢が王太子妃にふさわしい素養を身につけられるよう、援助しよう。エリザベスも協力を頼めるか」

「はい、もちろんです。リーシャ様を立派な淑女にしてみせますわ」

背筋をのばし凜《りん》として立つエリザベスは惚れぼれとするくらい美しい。口にした約束を我が身で体現するその姿に感動で涙がでそう。

「ぼくもマリウス殿と話をしてみよう。王太子として、なにか教えられることもあるかもしれぬ」

表情をひきしめるとオレはレオハルトにむきなおった。

「ただし、ぼくたちができるのはここまでだ。以前にも言ったとおりこれ以上はエリザベスにつきまとうな」

さもなくば国へ戻ってもらうと、言外ににじませて。

レオハルトの企みはだいたいわかっている。

過去にラースが仕組んだのと同じことだ――つまりは、『乙星』の再現。あのときはエリザベスやオレをその地位からひきずりおろすためだったが、今回はリーシャ嬢をひきあげるため。

リーシャ嬢を《星の乙女》としてオリオン国の貴族や民に売りこむためだ。

当然、外見の似た男爵令嬢程度では『乙星』とリーシャ嬢を結びつける者などいない。

しかしそこに、政情的にはマリウス殿と対立して見えるレオハルトが、悪役そっくりのエリザベスを連れて帰れば。

——人の心が想像以上に虚構に弱いことを、オレはすでに知っている。

「そんなにあわてて結論をださないでくれ」

「まだなにかあるのか」

あくまで無邪気な笑顔で小首をかしげるレオハルト。青い髪がさらりと揺れ、かわいらしい顔立ちが強調される。

オレにとっては不吉でしかない表情で、口をひらいたレオハルトが放ったのは。

「アクトー侯爵によって、ぼくは命を狙われている」

「——は？」

「リーシャのことが漏れれば彼女も命を狙われるだろう。アクトーにとって男爵家の末娘など道端の雑草にも等しいからな」

まてまて、情報が多すぎてついてこない。

……命を狙われている？　留学先の、我が国で？　何か起これば王家《ウチ》の責任になる環境下で？

「兄様の縁談をぶち壊したのがよほど腹に据えかねたらしい。ぼくがいる限り兄様の戴冠はないものと思いつめたのだろう」

レオハルトの顔に闇がかかる。

また臨戦態勢にはいりかけたハロルドを手で制する。いや、オレも頭痛がしてきたけど。

「ぼくはいいかもしれないけどさ、リーシャのことは援助してくれるって、さっき言ったよね？」

とびきりの笑顔を見せてレオハルトは言った。

やはりこいつは性悪サイコパスだ。

# 第三章 聖女覚醒

春の花々そよぐ明るい草原に、似合わぬ絶叫が響きわたった。

「死ねえええええええええッッッ！！！！」

必死の形相となった男がナイフをふりあげてレオハルトに猛進する――が、レオハルトは眉一つ動かさずに男を迎えた。あまりにも悠然としたその姿に、男の表情におびえが走る。

その時点で勝敗は決まりきっていた。

失速しかけた男の眼前に、ピンクとオレンジの煌《きら》めきが飛びこんでくる。

次の瞬間、骨まで響く鈍い音。

盛大にまわし蹴られぶっとんでいく男を双眼鏡でながめながら、野を縦横無尽に駆けまわり次なる敵に牙を剝《む》くその『煌めき』が侍女役として同行した令嬢であったことに気づいたかどうか、あとで尋ねてみたい、とオレは思った。


一時間後には、男は縛られて王宮の床に転がされていた。

命を狙ったレオハルトと責任を押しつけるはずだったオレに挟まれ、顔面蒼白《そうはく》になりながらも気丈に罵倒を投げかける。

「この……悪魔め！　貴様のせいで、我がオリオン王国には無用な混乱が起きている！」

うん、あながち間違ってはいない。

それより、大の男がぶっとぶほどのダメージを与えたにもかかわらず服の上から見えるところにはいっさいの傷がないことのほうがオレは怖いんだけどな？　外見上は背や腕のあたりに土や草が付着している程度だ。脱がせれば脇腹には大アザ間違いなしだろうに。

ちなみにその傷を負わせたマーガレット嬢はいま、淑女としてはしたなき『蹴り技』を使った咎でハロルドに説教をくらっている。護衛同士のカップルにも色々あるものだ。パニエで隠れてたんだしいいじゃん……と言おうとしたら氷柱《つらら》がふってきたのかと思うくらいの視線で睨まれた。ははは、恋する男は必死だな。余裕の笑みを浮かべつつ内心でふるえているとハロルドはなにも言わなかった。

裏切者の男は黙秘をつらぬくつもりなのか唇を噛《か》みしめてうつむいている。

レオハルトの言ったことが事実なのかを確かめるため、オレたちは本人《レオハルト》を囮《おとり》につかうことにした。リーシャ嬢は「危険です、何かあったら……！」としごくまっとうな反対意見を述べたが、ノリノリな第二王子を見て絶望の顔をしていた。

気分転換にお忍びでの外遊び《ピクニック》がしたいとレオハルトが言い、あやしいと目星をつけていた者たちを随伴に指名する。王宮からの護衛は不要とし、マーガレット嬢のみを侍女の名目で派遣。

よろこび勇んだ敵はまんまと尻尾をだし、人気《ひとけ》のない場所でレオハルトに襲いかかった……というわけだ。

十余名の従者のうち、レオハルトの危機に声をあげた者は誰もいなかった。これだけの仲間に囲まれていればそれは心強かろう。王子を殺しても口裏をあわせれば言いのがれできると思ったのか。

ただし留学にあわせて急遽集められたらしい彼らは戦闘に長《た》けてはおらず、レオハルトに近づく前に全員マーガレット嬢に沈められた。

「ね？　ちょっと煽っただけでコレだ。リーシャなんか国で放っておいたらすぐ殺されるだろ」

レオハルトが肩をすくめながら男を指さす。

娘二人を手玉にとられ王太子との縁談が白紙に戻ったのだ、侯爵家側からすればちょっ、い、い、いと煽っただけどころではなく「お前の家をツブす」という宣戦布告に等しいと思うが、たしかに命を狙うというのはやりすぎだ。……たぶん。

「お前の国、大丈夫なのか？」

「王家の威信、という点ではよくはない。父上はマリウス兄様に似て超がつくほどの穏健派でな、だからこういうことにもなる」

「正しくはマリウス殿が父君の国王陛下に似て、な」

トップが決断をくだしきれないせいで家臣内が紛糾するというのはよくある話だ。

国王夫妻のにこにことした笑顔を思いだす。周辺諸国と友好的な関係を築いているオリオン王国に諍《いさか》いの種はない。しかし有事の際には心細いのもまた事実、か。そういう意味では、家臣たちも王族の継承権争いをこえた関心を寄せるわけだ。

男は相かわらず鋭い目つきでレオハルトを睨みつけている。あまりにも強く、疑いをもたぬ視線だった。おそらくはなにかしらの暗示をかけられている。

背後を問うたところで、おとなしく答えるか――。

「ぼくの暗殺を命じたのはアクトーだな?」

前にでたレオハルトが男を見下ろして言った。

ド直球でいったな。

男は当然答えない。それどころか憎々しげに舌を鳴らした。

「国のためにと考えたゆえの行動だ。ほかの者たちもそうだ。命じた者などおらぬ」

「うんうん、なるほど」

男の言葉を深く肯定するかのように。

にこり、と、かわいらしい笑みを浮かべてレオハルトが小首をかしげた。ターコイズブルーの髪が光を反射して天使の輪をつくる。

男が虚をつかれた顔つきになった。暗殺対象からこんなにもやさしいほほえみをむけられるなどとは思ってもみなかったのだろう。

しかし次の瞬間。

レオハルトの笑顔は瞬時に暗黒をたたえたものになった。死神の鎌のごとくたわむ目元と、凶悪な歪み方をする口元。

本能を揺さぶる、暗黒微笑。

男の表情がひきつる。血の気のひく音が聞こえてきそうなほどに青ざめた男の目には、ありありとおびえの色が浮かんでいた。先ほどまでの無鉄砲な自信はない。

激しすぎる感情の起伏に、暗示がはじけ飛んだらしい。

「本当のことを言えば命だけは助けてやる。嘘をつけば――」

「アクトー様から命じられましたあああ!!!」

食い気味な暴露のあとでヒイイイイッと男が叫び声をあげる。すごい、自白が悲鳴をおきざりにしている。

オレも習得したいものだとレオハルトの顔をながめるものの、やはり自然法則を無視して陰影がついてるんだよな。闇魔法か?

「アクトーは、なんと?」

「これは国王陛下のご密勅であると……レオハルト様がマリウス様のお命を狙っていると……!!　だから、留学中に無関係な事件に見せかけて――」

「……ほう、ぼくが、マリウス兄様の」

ざわ、と背筋を冷たいものが走りぬけていった。

おちついた、いつもどおりの声色だった。少し離れた場所にいれば、ただ相槌《あいづち》をうっただけに聞こえたろう。

しかし半径二メートル以内の者たちにとっては、そのアクトーの発言がレオハルトの逆鱗《げきりん》に触れたことは明白だった。

レオハルトの腕が男にのびる。

がし、と肩をつかまれて、恐怖に染まった目から涙が落ちた。見る間に滂沱《ぼうだ》のごとくなった涙で顔を汚しながら、男は縛られた身体をくねらせて逃げようとする。

「ひ……！　お、おたすけ……!!」

「ぼくが、兄様のお命を害すると。それゆえに、先にぼくを排斥せんとしたのだな」

「命だけは……命だけは――」

「褒めてつかわす」

「おたすけ……へっ?!?」

「次期国王を守ろうとするは臣のつとめ。ただ少し、そなたは事情を知らなんだのだ。ぼくは兄様を廃そうなどとは思ってない。アクトーの奸謀《かんぼう》である。悪いのはアクトーだ。いいか、悪いのはアクトーだ」

レオハルトはもとの笑顔に戻り、諭すようにやさしく語りかける。

それはまるで、悪夢を見た幼子を慰める慈愛に満ちた母のようであった。

おびえと絶望に満ちていた男の目に、かすかな希望が宿った。

「その忠心、今度はぼくのもとで捧げてくれ」

「…………はい」

腰が抜けたらしい男は起きあがることもままならず、芋虫のような格好で床に倒れ伏したまま。しかしレオハルトを見上げる視線には媚《こ》びるような色が見える。

レオハルトがオレへとむきあった。

「そういうことだ。ヴィンセント、この者は悪党に騙され王家への忠誠心からぼくを狙ったが改心した。ほかの者たちも同様だ。……憐《あわ》れな彼らにふさわしい処遇を依頼したい」

「お前な、他国《ひとんち》で好き勝手言うんじゃない。……と言いたいところだが」

最適な場所を一つだけ知っているな。


王都郊外の田園地帯。ところどころの防風林のほかにはさえぎるもののない景色の中に、石造りの塀をもつ屋敷が見える。

ノーデン伯爵邸だ。

王家の紋章を戴いた馬車はしずしずと舗装された道を進んだ。オレたちの乗る馬車のうしろにもう一台。窓にはカーテンがひかれ、中がのぞけないようになっている。

乗っているのはハロルドと、縛られた従者たち。謀叛《むほん》人らである。

速度を落とした馬車はひらかれた門にすべりこんだ。すぐに出迎えの者たちが現れオレやレオハルトを案内する一方で、背後の馬車からは縛られたままの男たちが運ばれていく。

この数日ハロルドに管理を一任していたせいかすっかりおとなしくなった彼らは、ドナドナされていく牛のようであった。

大の大人を単なる荷物のようにかつぎあげる使用人たちに、レオハルトが感嘆の声を漏らした。

彼らが鍛えぬかれた精鋭であることを見ぬいたらしい。

「ほう、これはこれは」

レオハルトの称賛にも使用人たちは眉一つ動かさず、ただ礼をかえすのみだ。ふり落とされるのではと青ざめる裏切者をこともなげにかつぎなおしてでていく。

ノーデン伯爵家は代々の騎士団長を務める家柄で、家風は質実にして剛健、忠を以《もっ》て徳となす。まー早い話がバリバリ体育会系の直情一家であって、その気質は使用人たちにも受けつがれている。

微妙な立場の裏切者たちを放りこむのにこれほど適した場所はない。

家令に案内されて客間へはいると、そこにはすでに従者たちが座らされていた。床に。

「ようこそお越しくださいました。オリオン王国第二王子レオハルト様、ヴィンセント王太子殿下。ノーデン家当主ザッカリーと申します」

ザッカリー殿がオレたちそれぞれにきっちりとした敬礼をむけてくる。そのうしろには息子のエドワードと使用人のウォルターが控えている。やる気満々の布陣だ。

「こちらこそ、お手数をおかけいたします」

レオハルトは愛想のよい笑顔を浮かべて応えた。

オレはうなずくと、縛られた従者たちにも伝わるように大きな声で述べた。

「すでに手紙でお知らせしたが、しばらくのあいだこの者たちの監督をお願いしたい。彼らは忠誠心を弄ばれた者たちだ。牢《ろう》につなぐのは忍びない。手厚い処遇を頼む」

「はい、もちろんですとも」

どんな罰を受けるのかと戦々恐々としていた従者たちの顔つきがほんの少し、希望を含んだものになる。

レオハルトの命を狙ったとはいえ、本人は無傷だ。彼らにはまだ使い道があるだろうというのがレオハルトの意見で、それにはオレも賛成だった。国に送還したとしても当事者が我が国にいる以上面倒な手間がかかるし、いまアクトーにこちらの動きが知られるのもまずい。

大義名分とそれを補強する暗示をふき飛ばされたいま、彼らもしいて抗《あらが》おうという気はないらしい。身柄が助かるならそのほうが互いに得だろう。

ザッカリー殿はウォルターに戒めを解くように命じた。一人一人にやさしい声をかけながらウォルターが縄をほどいていく。

「大変な思いをされましたね。王家への忠誠を誓うがゆえの過ち、謀られたと知ったときはつらかったでしょう」

自由になった手足を確かめながら、裏切者たちの頬に血の気が戻ってくる。

立場上この国では自分たちへの処罰ができないのだと考えているらしい。まぁそれはそうなのだが。それだけで一〇〇パーセント許されると思ったら大間違いだぞ。

下心を隠せなくなった従者たちをながめまわし、ウォルターは聖職者のごとき清廉さをたたえてほほえみかけた。

「その悲しみ、葛藤、真実を知った際の驚愕《きようがく》、悔恨……僭越《せんえつ》ながら私が耳をかたむけます」

「私もだ。そして上に立つ者の想いも知っていただきたい」

「忠臣とはどうあるべきかについて、ともに考えましょう。納得のいくまで」

ザッカリー殿とウォルター、ついでにエドワードの周囲にも形容しがたいオーラが見えるような気がするが……従者たちは気づいていない。

「あの者は、以前に主人を救わんがために罠《わな》に嵌まり、主人を裏切ることになってしまった。それを心底から悔いているのだ」

「あぁ、なるほど」

ほかの者には聞こえぬようにレオハルトに囁《ささや》く。

ザッカリー殿のためを思い魔石を盗んだウォルターは、咎めを受けなかった。むしろザッカリー殿はふがいない主人であったと自らを罰するようオレに願った。

そういう関係なのだ、ノーデン家の主従というのは。

ついでに『乙星』騒動にてエドワードのほうはたいした理由もなく罠に嵌まったのだが、反動で脳筋度が段違いに跳ねあがってしまった。

正直ノーデン家の面々が我々の建前をどれだけ理解し、どれだけ斟酌《しんしゃく》しているかは不明なのだが。

たった一つわかっているのは、

「彼奴《きゃつ》ら、ひと月もあれば立派に調教《せんのう》されような」

感心した声でレオハルトが言う。

「本当にまったく、計画を聞いたときは胸がはり裂けそうで……」

「しかしこれも国のためと……」

「はい、過ちを犯さずにすんだこと、心より感謝しております」

従者どもがぺらぺらと心にもない相槌を打ちだすのに、ウォルターは逐一うなずき、共感し、慰めた。ザッカリー殿もやさしげな表情を浮かべてかたわらに立っている。

「そうだな」

心にもなくとも、何度も口にだしつづければ脳には刷りこまれていくものだ。ましてや周囲は妥協を許さぬ熱血集団。

「では、用件のみですが、お任せしました」

「いいえ、殿下自らお越しいただき恐縮でございました」

部屋を退出する際、ふりかえれば、裏切者らはこちらを見もせずに切々とウォルターに己の不遇を訴えていた。

この媚びにあふれた視線が次に会うときは一点の曇りなき輝きに満ちているのだろうなぁ。

なんとなく諸行無常を感じながら、オレたちはノーデン家をあとにした。

「確認しておくが」

「なんだい?」

帰りの馬車内。口火を切れば、膝を組んだレオハルトが笑みを浮かべながら応じる。

「お前の狙いは、アクトー侯爵の失脚と、マリウス殿の性格矯正、そしてリーシャ嬢を王太子妃とすることだな?」

「あぁ。ま、アクトーについては今回の証言と、こちらでももう少し考えているからね。問題はあとの二つだ」

そのために『乙星』の再現が必要なわけだ。

「マリウス殿はそんなに『乙星』が好きなのか?」

「毎日のように愛読しておられる。あれほど兄様を夢中にさせられるなら、ぼくも作家を志そうかと思ったほどだ」

セレーナ嬢、わけのわからないところでわけのわからないやつにライバル視されているな……。

「もともと内気で、物語を好まれる性格だった。それがリーシャと出会い、おまけに似たような境遇の小説を見つけてしまったものだから……」

レオハルトが再現をめざすほどにのめりこんでしまったということか。

ハロルドいわく、『乙星』はオリオン国にも浸透しているらしい。

だとすれば、弟の妃に嫌がらせを受けるリーシャ嬢は王宮内の同情を買えるだろう。本当に《星の乙女》が抜けでてきたかのような性格のよさなのだ。

そこで《悪役令嬢》をマリウス殿が断罪すれば、マリウス殿を不安視しレオハルトをもちあげていた連中も諦めざるをえない。

「リーシャが追いつめられればさすがの兄様も見て見ぬふりはできまい」

「エリザベスに嫌がらせができるわけがないだろう。天使だぞ」

「ぼくがかわりにやる」

「もう本当に怖いわお前」

レオハルトの目はなんの疑問もなく澄みきって真剣そのものだ。さすがマリウス殿ガチ勢にして自分の命を盾にするだけはある。

「しかしえらいな。君は最初からぼくの計画がわかっているみたいだった。短期間でよくそこまで推測したものだ」

「まぁな……」

すでに『乙星』の実現を企んだ人間がいたなんて言えない。おまけにそいつが邪竜になってるなんて。言葉を濁したオレは咳《せき》ばらいをした。

「とにかく、エリザベスをお前の脚本で踊らせるわけにはいかん」

というか無理だ。エリザベスはこちらがキュン死するかと思うほど壊滅的に演技が下手なのだから。

「ということは、君の脚本でならエリザベス様の協力を得られるのかい？」

言葉の裏を的確にとらえたレオハルトが笑う。

「仕方があるまい。もはや火の粉ではなく火球が飛んできたからな」

マリウス殿にインパクトを与える役は、エリザベス以外の者に委ねる。

それがオレの計画だった。

「奥の手を使う」

苦渋の決断だ。

紫の長髪をなびかせる男が、踊りながらオレの脳裏をよぎっていった。


こちらへ、と案内した部屋の前で、リーシャ様はぽかんと立ちつくしている。

荷を運ぶ従者や侍女にまで恐縮しきっていた彼女だ。そうではないかと思ったのだけれど、これ以外の部屋をご用意するわけにはいかなかった。

リーシャ様を淑女に。そうヴィンセント殿下から依頼され、レオハルト様やお父様、お母様にご許可をいただいて、わたくしはリーシャ様を屋敷へお連れした。そしてもっとも身分の高い方のための部屋へ、お通ししたのだった。

恐怖に染まった顔でこちらを見るリーシャ様に、ほほえみつつ、しかし毅然《きぜん》とした態度で部屋を示す。

「リーシャ様、その……難しいかもしれませんが、おくつろぎください」

「エッ、エ、エリ、エリザベス様、わ、私、こんな部屋……」

「我が家の迎賓室です。男爵令嬢としてではなく、次期王太子妃としてのお部屋ですの」

「お、王太子妃……!!!」

一瞬、青白かった頬が赤く染まった。意中の相手を思いだすだけでその方とすごした記憶が脳裏へよみがえり、好きだという気持ちがわきあがるのだ。それはわたくしがヴィンセント殿下を想うときと同じ。

だから協力したいと思った。

もちろん、我が国に留学経験のあるリーシャ様が王太子妃になられれば国交もますます友好的なものになるでしょうと思ったりはしているけれども。でもそれよりも、やっぱり未来の恋人たちを応援したい気持ちが強い。

「左様です。王宮では男爵令嬢というお立場に応じた部屋だったと思いますが――この屋敷では、次期王太子妃として、わたくしと同じ立場の方として皆が接します」

「そんな……畏《おそ》れおおくて、とても耐えられません……」

くずれ落ちそうになるリーシャ様。その腕をとって支えると、そっと背を撫《な》でた。わたくしだって幼いころにヴィンセント殿下との婚約を聞かされたときは身ぶるいがした。公爵夫人としてのふるまいは母を見て知っている。けれど王太子妃としてのふるまいなど自信がなかった。

わたくしでそうなのだから、リーシャ様ならばなおさら。

でも、だから。だからこそ。

ご自身にかかる重責を、理解していただくために。そしてそれに慣れ、本来の彼女らしさを失わないために。

必死になってついてゆけばよい学業のほうが、きっとリーシャ様には心やすらかだ。けれどそれだけでは王太子妃にはなれない。

「耐えてくださいませ。これはマリウス殿下のためです。オリオン国の王宮でマリウス殿下にお会いするとき、そうやってふるえてはいられないでしょう」

「マリウス様のため……」

「そうです。そしてリーシャ様、あなたは新しい礼儀を身につけねばなりません。挨拶の言葉も礼の仕方も、席の順序もすべてが変わります。それが王太子妃というものです」

不安げにさまよった視線がわたくしへすがるようにむけられる。深い漆黒に輝く瞳を見据え、励ますための笑みをつくった。

聞けば、リーシャ様の双肩にはマリウス殿下のご進退もかかっていらっしゃるとか。レオハルト様にひっぱられてきたこれまでですらひどいプレッシャーだったことでしょう。

そしてこの状況は、これまで以上にリーシャ様に問いかける。

本当に王妃になる覚悟がおありかと。

「大丈夫、我がラ・モンリーヴル公爵家には、わたくしを育てた教師たちがまだ残っておりますわ。それにおいしいお菓子をつくるパティシエも」

にこりと笑いかければ、リーシャ様の瞳がきらきらと輝いた。

「お菓子……」

「ええ。疲れたときは甘いものが一番。わたくしもそれを楽しみにレッスンに励んでおりました」

想い人と、支えあうことのできるお友達と、お菓子――わたくしが考えた活力の源だ。

わたくしが用意できるのはここまで。

「必ずお力になると約束いたします。わたくしを信じてくださいませんか」

「……エリザベス様」

「はい、リーシャ様」

さしだした手が握りかえされる。

リーシャ様は顔をあげ、立ちあがった。なにかを思い起こすようにさまよう視線にどきりとしたものの、瞳は物思いにけぶっている。

あぶないわ……実は柱の影にはラース様が隠れていらっしゃるのよね。

リーシャ様を怖がらせてしまうのであまり姿を見せないようにお願いしているのだ。

「きゅうん……」と寂しげな声をあげるラース様に胸が締めつけられたけれども、心を鬼にして首をふった。でもたまに視線を感じるので、チラ見られているんじゃないかと思うの。

ハラハラとしながら見守っていると、リーシャ様は「よしっ」と自分に気合をいれてうなずかれた。

ふたたびわたくしを見たとき、その瞳に迷いはなかった。すがすがしい表情で快活な笑顔をむける。

「ありがとうございます。私はもともと男爵家の三女の生まれで。礼儀作法にもうとく、自分に自信がありませんでした。マリウス様はそのままの私でいいと言ってくださいましたが……私は少しでもマリウス様のお役に立ちたいのです」

それからリーシャ様は、少し照れくさそうなお顔になった。

「それに、ご自慢のお菓子も食べてみたいです」

「その意気ですわ、リーシャ様」

わたくしも嬉しくなってリーシャ様の手をぎゅっと握った。

何度か勉強会をご一緒しただけれども、この方の一生懸命な気持ちや真心は皆が知っている。マリウス殿下が御心を奪われるのもわかるというものだし、もし自分のライバルだったらと考えると……。

「さ、では――」

思い浮かんだお顔をふりはらいながら、リーシャ様を見る。

「部屋にはいりましょう」

「あっ、す、すみませえええん!!!」

言えば、侍従たちを待機させたまま迎賓室の前で語りあっていたことに気づいたリーシャ様は、悲鳴をあげた。

ぱたぱたと駆けこむうしろ姿に「淑女は走ってはなりませんわ」と声をかけ、わたくしは心の中で一人うなずいた。

あの方もこんなふうに、根は素直なお人だったのだわ。

メリーフィールド家からは絶縁され、ラファエル様のご慈悲でマーシャル侯爵家に行儀見習いとしてひきとられたと聞いた。

罪を償い、健やかな人生がとり戻せるといいのだけれど——。

——そのころ、マーシャル侯爵家の一室では。

「ふ……ええええぇぇぇっくしょん!!!」

「おや、ユリシーちゃん、風邪かい？」

盛大なくしゃみをしたユリシーは、前にかたむいた身体を今度はうしろへのけぞらせて目を見ひらいた。

「ラファエル様ッ!! こっ、ここ、使用人部屋っ!!」

「うん、だから主人のボクがはいることになんの問題もないわけ」

いつのまにか背後をとっていたラファエルがのほほんと答えるがそんなわけはない。問題はありまくりだ。

使用人の部屋は狭くて調度も少なく、おもてなしなどできない。よって次期侯爵を約束されている子息がはいるような場所ではない。そしてそれを主人側の厚意で無視したとしても、女性の部屋に男性がはいるべきではないというごく普通の倫理観が——。

「以前だってボクのことを部屋に呼んでくれたろ？」

ヒィッとユリシーは悲鳴をあげた。たまに心を読まれているのではないかと思って怖くなる。魔法か。魔法はそんなことまで可能にするのか。

ラファエルを部屋に呼んだのはそういう指示だったからだ。シナリオどおりに行動しただけ。

それだってわかっているだろうに。

「……？」

なにをされるのかとビクビクしていたが、ラファエルはなにもしなかった。

いやよくよく思いかえしてみるとラファエルからなにかされたことはない。たらしっぽい雰囲気と言葉責めだけでユリシーを恐怖のどん底に叩きこむ、それはそれでどうなのと思うドSである。

やはりなにかあるんだろうと身をちぢこめてまっていると、ラファエルは切れ長の目を細めて笑った。

「ふふ、やっぱりうちのユリシーちゃんが一番かわいい」

「ええ……？」

「急に悪かったね。おやすみ。しばらく休日は屋敷にいないから、ゆっくりするといい」

一人で勝手に納得がいったというような顔つきをしてラファエルは部屋をでていった。礼をすることもなくそのうしろ姿をぽかんとながめて見送り、ユリシーは眉を寄せる。

自分は公爵令嬢様を罠にかけようとした罪人だ。そんな女を、ラファエルは妻に迎えようとする。

本気なのだろうか。

それともこの誘いすら、期待させて落胆させる罰なのでは――？

痛みと紙一重のときめきを胸の奥に押しこめ、息をつく。

苛《いじ》めすぎたせいで信頼度がゼロになっているとは知らぬラファエルであった。


　週末、ヴィンセント殿下からのお手紙を受けとったわたくしは、リーシャ様をお連れして王宮を訪れた。

　同じ学園に通いながらほとんどお会いすることのできなかった昨年に比べれば、毎週のようにヴィンセント殿下のお顔を拝見できるいまは恵まれているといっていい。

　……けっして、もっとお会いしたい、お話がしたい、などと思ってはいけないのだ。

　ヴィンセント殿下がおっしゃった『恋人』という単語に心はずませてもいけない。

「エリザベス様、どうされましたか?」

「いいえ、なんでもございませんわ」

　リーシャ様に心配そうに顔をのぞきこまれて首をふる。

　浮かれた気持ちを封印して、わたくしは背筋をのばし姿勢をただした。

　王宮へ到着すると庭へと案内された。お辞儀をするカメレオンや逆立ちするウサギのトピアリーが並ぶ、王妃様が意匠をこらされた庭園だ。

ラース様が飛んでいってくるくると周囲をまわっている。自然にはありえない樹木の形を不思議がっている姿につい笑ってしまった。

王妃様デザインのマスコットたちは隣国へも浸透しているようで、リーシャ様が目を輝かせた。

「城下町の大通りには、彼らの雑貨を売るお店もありますわ」

「本当ですか⁉　行ってみたいです」

「お許しがでればいっしょに参りましょう」

もし却下されたとしても出入りの商人にお願いしてとりよせてもらうことはできる。わたくしの部屋に飾っている水色のガラスでできたマシュー・マロウ伯爵もそうやって手にいれたものですし。

「楽しみです！」

「わたくしもです」

興奮を隠しきれないリーシャ様に笑いかえす。

そうするうちに、わたくしたちは庭の一角にたどりついた。

「わざわざすまなかったな」

頭上からの声に気づいて顔をあげれば、ヴィンセント殿下とレオハルト様が三階のテラスから手をふっている。礼をして手をふりかえすわたくしの隣で、リーシャ様がぶんぶんと腕をふった。

ヴィンセント殿下がやさしい苦笑を浮かべている。遠距離からのご挨拶も学ばねばならないわね、とわたくしは心のメモをとった。

それにしてもなんの御用かしら、とのんびり考えていたわたくしの目の前で。

突如として、信じられないことが起きた。

テラスから身をのりだしたレオハルト様が、

「うわあぁ……っ!!」

叫び声をあげたかと思うと、――真っ逆さまに落ちたのだ。

「レオハルト様!?」

「レオハルト様!!」

考える暇もなくヒールを脱ぎ捨てて駆けだす。

「きゅおぉっ!!」

ラース様もすぐに飛んでゆきレオハルト様を押しあげようとするものの、小さな体躯では人間を支えることはできないらしく道連れになって落下している。

落ちていくレオハルト様を見つめながらわたくしは必死に足を動かした。

巻きぞえになってはいけないが、ドレスの生地があれば少しは衝撃をおさえられるかもしれない。

まにあえば――。

手をのばす。けれども依然その距離は遠い。

さしだした手の先で、逆さまになったレオハルト様の髪が現実味を欠いて揺れる。

あぁだめ、届かない――。

その瞬間。

「レオハルト様……‼」

背後から、まばゆい光がほとばしった。

昼間の太陽よりも明るく、目の眩《くら》むような強い光彩。それはわたくしを通りぬけてあふれ、落下するレオハルト様の身体をつつみこみ、輝かせる。

「風よ、抱きとめよ《ホルディテ・ウィンディア》！」

同時に、凛としたお声が響いた。

目の前で風が巻きおこり、地面に激突寸前のレオハルト様のお身体をふたたび宙へと舞いあげる。

わたくしも助けていただいたことのあるヴィンセント殿下の魔法だ。

レオハルト様は空中で上半身をひねると体勢を立てなおし、無事に芝生へと着地する。

その顔にはたったいま死にかけたという恐怖はない。

バサバサと風にあおられてめくれそうになるスカートを押さえながら、わたくしは考えた。

これはどういうことなのかしら。

「エッ、エリザベス!! すまない!!」

「いえ、大丈夫ですわ、殿下。それよりもいまのは……」

背後へ視線をめぐらせると、そこにいるのは地べたに座りこんだリーシャ様。

しかしその全身は火花をまとうかのように、無数の光が跳ねまわっている。尋常ならざる事態に陥っていることは一目でわかった。

「わ、私、なにが……?」

「リーシャ様……」

腰を抜かしたままおろおろとあたりを見まわすリーシャ様に、レオハルト様が歩みよる。

その足どりはおちついていて、見上げれば上階のヴィンセント殿下にもわたくしたちほどの驚愕は見えない。

レオハルト様は直立のまま、おごそかに告げた。

「リーシャ、君には魔法の素養がある。君には聖女になってもらう」

「……えっ」

短い、悲鳴のような声があがった。

リーシャ様の反応はそれだけだった。……リーシャ様は、目を見ひらいたまま気絶していた。


物心ついたときから、マリウスは期待に満ちた目にとり囲まれていた。

王太子殿下、王太子殿下、と誰もが本名よりも長い敬称を呼ぶ。その肩書が自分の呼び名だった。本当の名を呼んでくれるのはそれをくれた両親と、四つ下の弟だけ。

だからリーシャに出会ったときの衝撃は、マリウスにとって一生忘れられないものとなった。

男爵家の末娘であるリーシャはマリウスの顔を知らなかった。なんのてらいもなく名を聞かれ、偽名を忘れてうっかり本名を答えてしまったのは、すでにリーシャの魅力に惹きこまれていたからなのだろう。

「はじめまして、マリウス様！　私はリーシャ・ヴァロワールといいます」

瑞々《みずみず》しい黒髪をなびかせ、屈託のない笑顔でそう言われた瞬間、マリウスは恋に落ちていた。

我ながら単純すぎる。これでは近ごろ流行《はや》りの小説のようだ。そう自嘲しても高鳴る鼓動はとまらない。

その小説――『聖なる乙女は夜空に星を降らせる』では、地位に甘え我儘《わがまま》を押しとおしていたポンコツ王太子が、主人公に出会って真実の愛を知り、己を変えようと努力する。そして実際に爵位に縛られた悪《あ》しき風習を駆逐し、貴族界に新たな風を吹きこませるのだ。

マリウスは王太子という立場を笠《かさ》に着た言動などしない。しかしポンコツ王太子と呼ばれるにはふさわしい。人前に立つことが恥ずかしくて仕方がない王太子など、そう呼ばれるしかないではないか。

周囲の期待を一身に背負ったマリウスは、幼いころから常に追いたてられていた。完璧にこなさねばならない、瑕疵《かし》があってはならないという強迫観念は些細なことで彼をひどく憂鬱な気分にさせた。

たとえば、マリウスの味方であると主張するアクトー侯爵が。彼の口ぐせである「王位は当然、王太子殿下が継がねばなりません」という台詞が。蛇のような視線が。「王太子殿下のためを思ってですぞ」と強要されるふるまいが。そういったものがマリウスに絡みつき、繊細な心を苛《さいな》んでいた。

未来への不安をかかえつづけ、いつしか拒否反応を起こした身体は赤面という抵抗をするようになってしまった。おまけに感情を表にださないようにすれば不興を買ったと勘違いされ、冷酷王子と呼ばれる始末。

堂々たるふるまいを努力してはいるものの、弟レオハルトや隣国の王太子ヴィンセントをみればその努力に対してまで暗澹《あんたん》たる苦痛がぬぐえなかった。彼らは努力などせずとも王族らしくふるまえているではないか。

彼らにくらべて自分は……。

けれどもそれらのすべてが、リーシャのきらきらと輝く黒い瞳の前でははるか彼方へ消え去った。具合の悪さもふき飛んだ。……いや、異常という点では、激しすぎる鼓動はそうだ。

かぁぁっと熱をもつ頬が、そのときだけは不快ではなかった。なぜならリーシャもまた顔を赤らめ、興奮を隠しきれない様子だったからだ。

「マリウス様って、王子様と同じ名前ですね。物語から抜けだしたかのように素敵な方……本当の王子様みたいに――」

そこまで言って、ようやくリーシャはそのわずかな可能性に思い至ったようだった。

黒い瞳がまじまじとマリウスを見つめる。

なんと言えばよいのかわからずに苦笑をかえすと、リーシャはその意味をはっきりと理解した。あわててひざまずく。

「申し訳ありません、無礼な口を利きました……！　私への罰はいかようにもしていただいてかまいませんので、どうか両親や兄弟はお許しください！　みな真面目に領地経営に励んでおりまして、ついこのあいだもかぼちゃが豊作で――」

無礼を詫びながらも勢いのやまないおしゃべりに、マリウスは思わずふきだした。

リーシャの心にはひとかけらの偽りもない。表面上は王太子を称えながら裏で肩をすくめるようなこともない。

それはひどく心地のよい感情だった。

「よい。そう畏まってもらわなければならない人間でもないからな、わたしは」

言ってしまってから、身についた口調にうんざりとした。ろくに人前に立てないくせに、こういうところだけはしっかりと根づいている。

しかしリーシャはそんなことは気にしなかった。

ほっとした表情で笑顔を見せる。

「マリウス様はやさしい方なのですね」

「やさしい……？　わたしが？」

「はい、すぐにご無礼を許してくださいましたもの」

やはりその言葉に嘘は見えなかった。なにか不思議なことでもありますか？　と言わんばかりの瞳で見つめられ、おちつきつつあった顔の火照《ほて》りが戻ってくる。

物語の王太子の気持ちがわかってしまった。

彼はこうして恋をしたのだ。

自分をありのままに見つめる瞳に囚われて。


それからもマリウスとリーシャの交友はつづいた。

王族と男爵令嬢の身分で会うことは難しいはずだが、弟のレオハルトがうまくとり計らって機会をつくってくれた。

レオハルトはいつもマリウスに味方し、ふがいない兄を応援してくれる天使のような弟だった。今回もいつのまに調べたのかリーシャのことを知っていて、「いきなり縁談を断るような侯爵家の娘よりも、彼女のほうがずっとマリウス兄様にふさわしいと思います」と背中を押した。

そんな弟の話をするとリーシャはとても喜んだ。

そして自分の家族のことを教えてくれた。

末端貴族ではあるが領地経営に真摯にとりくみ、領民からも慕われている父。多くの子を育て、いつも明るく元気な母。三人の兄と二人の姉。

「私は一番の末っ子で、お恥ずかしながら勉強よりも畑をつくったり森で木の実をとったりするのが好きでした。父母もやかましく言うだけの気力もないようで、礼儀作法も中途半端なままで……」

「けれども君はすばらしい心をもっている。上辺だけ立派でも心根の綺麗《きれい》な者には敵《かな》わない」

「あら、それならマリウス様もですわ。マリウス様の心もお美しいのです」

卑下する言葉を、リーシャは事もなげに否定した。そんなことはないと口にでかかった言葉をおし殺し、マリウスは礼を言った。

よりそうとリーシャは土と緑の匂いがして、心がやすらいだ。

彼女にふさわしい男になりたいとマリウスは願った。

リーシャは『乙星』を好んでいた。身分をわきまえた彼女は自分たちの間柄を小説にたとえたりはしなかったけれど、心の奥にあるせつない気持ちはマリウスにも伝わった。

「物語の中でくらい、幸せいっぱいでいたいじゃないですか」

ほほえむ彼女に、諦めなくていいと言ってやりたかった。

小説を読んだだけくりかえし訪れるハッピーエンド。それはマリウスの心を虜《とりこ》にした。

あの王太子のように、成長した自分がほがらかに笑ってリーシャを迎えにいく場面を、想いを告げる瞬間を夢想した。

マリウスは社交界へと足を運んだ。

貴族たちと言葉を交わした。彼にとっては人の名を呼んで挨拶するだけでも過大な負荷であった。しかしリーシャならこうするだろうと、笑顔を浮かべて会話をつむいだ。

心が折れそうになったときにはリーシャの笑顔を思いだした。そうすれば自然と口元はほころんだ。

しかし現実は物語のようにうまくはいかなかった。

相かわらず赤面症は治らないし、自分に自信もつかない。リーシャにふさわしくありたいと思ったくせにこのていたらくかと自責の念に駆られつづける。

レオハルトを王太子としてはどうかと声高に言う者が増えた。それに憤るでもなく、そうなればよいと考えてしまうのだから情けない。

王太子という立場を捨て、弟の臣下となれば、リーシャの身分だってそれほど気にすることはない。そう語ればレオハルトは悲しそうな顔になったけれど、それがマリウスの偽らざる望みだ。

そんな弱気な人生設計を夢見ていたおりのことだった。

レオハルトがリーシャを連れ、隣国へ留学したと聞いたのは。

『マリウス様は国王になられるお方です。王太子妃にふさわしい人間になるため、私も修業してまいります』

レオハルトの手紙には、リーシャからの伝言が書かれていた。

# 第四章 修業開始

ついに恐れていたことがおきてしまった。……いや、自分で計画したのだが。

レオハルトの思惑にのせられたのが癪な一方で、まがりなりにも友好関係にある隣国だ。内政が荒れそうだと知ったままないがしろにするわけにもいかない。

リーシャ嬢は魔力量が多く、またその質もよく扱いやすいだろうというのはラファエルから聞いていた。魔法は貴族たちですらおいそれとは手をだせない稀少《きしょう》な資源。使いこなせれば彼女の切り札になる。

と、いうわけで、レオハルトがテラスから飛び降りて。

いまに至る。

「お初にお目にかかります。マーシャル侯爵が息子、ラファエルと申します。ヴィンセント殿下のお話どおりだ、なんと可憐でたおやかな御令嬢でしょう」

「こちらこそ、お噂はかねがねうかがっておりますわ、ラファエル様。どうぞエリザベスとお呼びください」

歯の浮くような世辞に頬を染めつつエリザベスが応える。

そう、オレが恐れていた事態とは、エリザベスとラファエルの対面である。

冷静に考えればエリザベスとラファエルが出会ったところでなにもおきるわけはない。ラファエルはこれでもネコをかぶっているし、エリザベスはオレにぞっこんだし？　照れるな。

しかしそれでも極端な二面性をもつ人間を純粋無垢《むく》で天使なエリザベスに近づけるのは嫌なのだ。明確な理由などない。嫌なものは嫌。

やべー性格の男を、友人として側近としてともに行動することはできても、恋人に紹介するのは嫌。これは常識的な感覚であろう。

「ヴィンセント殿下よりリーシャ様の魔法講師役をおおせつかりました。今後はお会いすることが増えるかもしれません」

「そうなのですね。ラファエル様に見ていただけるならこれほど心強いことはありません。よろしくお願いいたします」

「お任せください。若輩者ではありますが誠心誠意つとめてまいります」

ぐるぐると考えこんでいるオレの前で、エリザベスとラファエルはお手本のような応酬をくりひろげる。……オレ一人精神年齢が低く見えるからやめてくれ。

ひととおり挨拶をすませて話を区切ると、ラファエルはレオハルトとリーシャ嬢にむきなおった。

緊張した顔で『気をつけ』の姿勢をとるリーシャ嬢を頭のてっぺんから爪先までじろじ

ろとながめまわしてから満面の笑みでうなずく。

「これはすごい。回路が通っている。精神集中の訓練を何か月もしてようやくコツをつかむものなんだけどね、普通は。なにをしたのか、後学のために聞いても?」

「ぼくがテラスから落ちた」

「なるほど、身近な人の危険を見せることでショック状態に追いこみ、強制的に魔法素養を発現させたのですね」

レオハルトの雑な説明にラファエルが神妙な顔でうなずいている。

なんでいまの一言で理解できるんだよ。ツーといえばカーにもほどがあるだろ。本当に似た者同士なんだな……。

「手数をかける」

「いえいえ、ご協力できて恐悦至極に存じます」

「あ、あの……私にはなにがなんだか……」

「リーシャ様はすでに呪文を唱えるだけで魔法が使える段階にきているということですよ」

おずおずと手をあげて申しでるリーシャ嬢にラファエルはにっこりと笑った。

このあたりのことは我が国でもアカデミアに入学するまで知らない者が多い。魔法学については、一回生では学ばず、二回生で座学と演習。とはいえ一年かかってちょっとした魔法が使えるようになる程度だ。変に攻撃魔法なんか教えて怪我をされても困るのでそよ風を吹かせるとか明かりを灯《とも》すとかそれだけ。そこで素養の認められた者のみが、三回生で特別授業を受ける。それはほんの一握り。

もちろんオレは王太子なので素養が足りないようでしたですまされるわけがなく、幼いころからラファエルの父ドメニク殿を家庭教師につけて特訓をしたわけだ。

まれに、魔法との相性がよい者がいる。

普通の生徒たちが何か月もかけて習得する『己のうちに魔力をためこむ感覚』を、彼・彼女らは一瞬でつかむ。

それだけでなく、次の段階『自然界からの魔力の収集』もなんなくこなす。

リーシャ嬢はいまその狭間《はざま》にいるが、おそらく苦労はしないだろう。

「もともと質の高い魔力を人よりも多くもっておられたので、自然と親しくすごされていたのだとお見受けします」

「た、たしかに、子どものころから野山を駆けまわって遊んでいました……」

「健全な魔力は健全な肉体に宿る、と言いますからね。ボクもよく父に連れられて森で瞑想したものです」

肉体も精神も魔力も健全かはあやしいだろと言いたくなるのをこらえて話を聞いているふうを装う。なんせエリザベスもいるからな。

かわりにつっこんでくれないかとハロルドを見たが首をふられた。いやでもお前も考えたんだな、同じことを。

「私が、魔法を……」

リーシャ嬢はまだ信じられないという顔つきだ。

「そうです。不肖ラファエル、責任をもってリーシャ様を立派な魔女に育ててみせましょう☆」

「ま、魔女⁉」

「おっと申し訳ない。少し本音が……魔法使いです。魔女のほうがボクにとってはロマンが……いえ、こちらの話です」

こほんと咳ばらいをし、ラファエルはことさら真面目な顔をつくった。

「それでは、リーシャ様」

「は、はい」

「リーシャ様には、半年間で高等魔法を二種類、体得していただきます」

「はい、……えっ⁉」

うなずいたリーシャ嬢は目を大きくひらいてふたたびラファエルを見た。見事な二度見リアクションだ。

「邪を防ぐ防護魔法と、邪を祓う清めの加護です。この二つは大陸でほぼ共通の高等魔法ですから、我が国で習得しても問題はありません」

「そうだ。それ以外のものになると色々と手続きが面倒なのでな」

友好関係にある隣国とはいえリーシャ嬢は外国人だ。我が国の《魔法使い》を師に充てるだけでも特例中の特例。当然、秘術や禁術のたぐいは教えられるわけがない。

リーシャ嬢にもそれはわかったようだ。

「ありがとうございますっ!!」

がばりと頭をさげて礼を言われた。

うん、この態度は好感のもてるものだが、それはそれとして礼儀作法もがんばってもらわねばな。

それと、リーシャ嬢のほかにもう一人、がんばってもらわねばならぬ者がいる。

オレはエリザベスを見た。

エリザベスもオレを見て、にこりと笑う。はぁん、かわいい。

じゃなくて。

「エリザベス様も魔法を習得していただきます」

ぼやぼやとしていたらラファエルに台詞をとられた。

「わたくしが、ですか? なんの魔法でございましょう?」

「魔法自体はなんでもよいのです。エリザベス様の魔力が安定すれば、それだけラース君の制御も強まりますので。これだけなついているので暴走などという事態はありませんが、いまはまだ少し完全にコントロールできる状態だとは言い難い」

突然話をふられたラースが「きゅおおぉっ」と鳴いて翼をばたつかせる。君呼びにされたのが悔しかったんだな、たぶん。そのあたりは記憶を失っていてもプライドの高さが残っているらしい。

そんなラースをさくっと無視して、ラファエルはエリザベスにほほえみかける。

「魔力が安定すれば、たとえばエリザベス様を賊からお守りするような場合にも、エリザベス様の魔力によってラース君に強化をほどこすこともできるのです」

「わたくしの魔力で、強化……」

エリザベスはラファエルの説明に目を瞬かせた。アメジストの瞳がキラキラと輝く。

「ということは、ヴィンセント殿下をお守りすることもできるのですね⁉」

あ、ラファエルの周囲を飛びまわっていたラースがもんどりうって墜落した。

「わたくし、一生懸命に励みますわ。よろしくお願いいたします、ラファエル様」

「こちらこそ」

エリザベスはスカートをつまんで膝を折る。ラファエルも胸に手を当て、深々と頭をさげた。

「ラース様、ヴィンセント殿下のお役に立てるよう、ともにがんばりましょうね」

起きあがったラースが二人の背後で目を爛々と光らせているが、いやもうそんなのお前がエリザベスとの契約まで組みこんで邪竜に変化しちゃったからだろ……？　以外に言うことがない。本人もそれはわかっているので肩をふるわせたまま黙っている。

憐れなり、ラース……。


とにもかくにも、エリザベスとリーシャ嬢の魔法訓練がはじまった。今日は初回なのでとりあえず二時間ほど。来週からは宿題にとりくみつつ週末に成果の確認と新たな課題の発表だ。

リーシャ嬢は魔力を放出した感覚を思いだそうと眉を寄せている。ときどき「えいっ!!」というかけ声とともに魔力があふれ、周囲が輝くというシュールな画《え》が展開されている。

ラースがそのたびに反応して眼《め》を青くしているのは、もしかして怖いのだろうか。人間は普通光らないから、邪竜でもびっくりするのだろう。

リーシャ嬢の隣で、エリザベスも魔石に手をかざし真剣な表情で見つめていた。

エリザベスはまず魔力を練るところからだ。精神集中は得意だろうから最初のステップは難なくクリアするに違いない。

――と、思ったのだが。

「なにも反応しませんわ……」

魔石に視線をそそいだままエリザベスが呟いた。

魔力は各自が身体の内側にもつエネルギーだ。魔石は触媒のようなもので、エリザベスがわずかにでも魔力を表にだすことができれば中心部が光って反応する。

初心者はこの方法で自分の中の魔力と対話しながらそれを思いどおりあやつるすべを学ぶのだ。

エリザベスの魔石は、オレの予想に反してまったくの無反応だった。

「はじめは誰にとっても難しいものだ。ぼくもこの方法で集中力を高めたが、安定した反応が得られるのに三日はかかった」

「魔石をお貸ししますので、時間をつくって感覚がつかめるまで練習してください」

「わかりました、ありがとうございます」

オレの言葉にラファエルもうなずく。エリザベスは礼を言ってからまた魔石とにらめっこをはじめた。

一生懸命なエリザベスもかわいいな……。そういえばエリザベスがなにかに励んでいるところをじっくりとながめる機会ははじめてかもしれない。彼女が努力の人であることは誰もが知っているが、努力そのものを知るのは数人の家庭教師だけだろう。ただ優雅に、美しくふるまうのがエリザベス・ラ・モンリーヴルという人である。

そう考えればエリザベスの新たな一面を、一面どころか二面も三面も発見している今回の件はまぁいいところもある。

エリザベスの気が散らないよう窓の外を見ているふりをしながらチラチラと視線を送った。

背後からハロルドの呆《あき》れた視線が飛んでくる。

ラファエルは二人の令嬢たちの正面でやさしいほほえみを浮かべていたが、ふとエリザベスに言った。

「エリザベス様。恐縮ですが、もしや集中を途切れさせるようななにかをお考えでは……？」

「えっ、そ、そんな、……わかって、しまうのですか……？」

「もし集中すると誰かが意識に浮かんできてしまうのであれば、その方のお顔を魔石の中に思いえがくようにするとよろしいですよ」

「はっ、はい！」

ラファエルは人の好《よ》さそうな笑顔のままアドバイスした。なにかがさらっと誰かにすりかえられていることにエリザベスは気づかない。

オレはといえば……赤くなりかけた頬を呼吸を整えておさえこむ。

ふたたび魔石にむきあったとき、エリザベスの顔から眉間の皺は消えていた。

むしろ、かわりに浮かんだのはやわらかな笑みだ。

まるでその笑みに魅せられたかのように――チカリ、と魔石が小さな煌めきを発する。

「……!!　光りましたわ、ありがとうございます!!」

「いやぁ～……お役に立ててなによりです」

微妙な間をあけつつラファエルが応えた。なにを考えたかはだいたいわかる。バカップルって言いたいんだろ？　そのとおりだよ!!　うぐぐ、そのアドバイス、オレがしたかった!!

もう何年も前、魔法の鍛錬をはじめたときのオレもこれに陥った。まさかエリザベスがそうなるとは思わなくて考えが至らなかったのだ。

心に想う相手が――ふとしたときに思いだしてしまう相手がいるとき。

ちらちらと浮かぶその相手が、集中を乱すことがある。意識からふりはらおうとすればするほど想い人の影は克明になり、集中を途切れさせる……。

この問題の解決策はラファエルの言ったとおり、想う相手と集中を切り離そうとするのではなく、ひらきなおってその相手へと集中をむけることである。

ちらりとエリザベスに視線を送ると、エリザベスも同じタイミングでオレを見た。

一瞬ばちりと視線が交差し、二人してパッと赤らんだ顔をそむける。エリザベスはうつむくが、動揺を示すように手の中の魔石がちかちかと点滅した。

なんだこれ、あまずっぱい……あまずっぱいぞ。

エリザベスはオレを見ない。けれど、照れた頬が赤みを増すたびに魔石の光も強くなる。

意識しているのが丸わかりのかわいらしい様子をほかの男ども（ラース含む）に見せる

のも嫌なのでオレは場所を移動し、ハロルドとラースのいる一角へむかった。

これで今日の課題は達成なのか、ラファエルもオレの隣にきてラースをしげしげと観察する。レオハルトはリーシャ嬢の発光をながめていたが、やはりこちらへやってきた。

「本当に邪竜の波動《オーラ》だねぇ～♡」

「わかるのか？」

「うん、まぁ、黒いし♡」

「ただの見た目じゃないか」

エリザベスとリーシャ嬢の邪魔にならないように、くだけたしゃべり方が聞こえないように声をひそめながら。

ちなみにレオハルトは突然変わったラファエルの物言いにまったく動じていない。

「しかし本来であれば邪竜は屋敷ほどもある大きさのはずなんだけどね」

「本体が封印されたままだからだろう？」

「召喚が中途半端なせいで小さくなってしまったととらえるべきか、またはあえての愛玩サイズで女子ウケを狙ったか――」

まさか、と笑おうとしたオレの横で、ラースはひょいと視線を逸らした。

……そのまさかなのか？

「屋敷ほどの大きさじゃ、屋敷の中でいっしょには暮らせないからね☆」

「きゅおお?」

ウィンクを投げられ、なんのことかわからない、とでも言うかのように、ラースは鱗に覆われた首をかしげた。

けっこう計算ずくで邪竜化してんじゃねーか。ラースのやつ、精神年齢が幼いだけで知脳はあったらしい。

「なってしまったものは仕方がないから許すが、エリザベスに妙なことをしたら即母上のペットにするからな」

「きゅうぅ……」

「知ってるかい? ドラゴンの鱗は錬金術の貴重な素材になるんだよねぇ……」

肩を落とすラースを追いこむようにラファエルはにたりと口の端をつりあげた。……それこそ邪竜でも召喚しそうな真っ黒い笑みである。

「邪竜は絶滅種だからさらに貴重だ。効果は《幻覚》に《惑乱》♡ ロマンだろう?あーんな禁術やこーんな禁術が開発できるかもしれない……♡」

「きゅっ、きゅおおおおお!!!」

「しっ、静かに!」

「きゅう……」

にたにたと悪魔のごとき艶笑を浮かべるラファエルにひきつった叫びをあげるラース。

しかしすぐさま元凶であるラファエルに叱咤《しった》され、しょんぼりと翼を閉じた。

ラファエル、邪竜ですら手玉にとるのか。毒を以て毒を制す感じがすごい。

壁際にむかってうなだれるラースを、ラファエルがつんつんとつつく。その指をハロルドがとめた。

「おやめください、ドラゴンは火を噴きます」

「おや、心配してくれるのかい」

「殿下や私が巻きこまれてはたまったものではありません」

エリザベスの許可がないかぎりラースが火を噴くなんてことはできないんだけどな。だからこそラファエルにやられっぱなしである。

ラファエルがラースを追いまわしているうちに夕刻となり、疲れた顔のエリザベスとリーシャ嬢は立ちあがった。これで今日の講習《レッスン》は終わり。あとは屋敷で自主練をしてもらう。

「帰る前に少しいいか、エリザベス」

優雅に退出の挨拶をしようとするエリザベスに声をかけ、リーシャ嬢から離れた場所へ連れていく。

そしてこれからしようとしていることを告げた。

リーシャ嬢には秘密だ。

どういった反応がかえってくるかと心配していたが、エリザベスはキラキラと目を輝かせてうなずいてくれた。

意外とこういうの、好きなんだな……また新たなる一面を発見してしまった。


エリザベスとリーシャ嬢の魔法の腕は、優秀といえる速度で上達していった。

リーシャ嬢はすでに魔力の集積を習得し、エリザベスも魔石をより長く強く光らせるようになった。

「いいなぁ、ボクもユリシーちゃんに魔法の修業させたいなぁ」

「無理だろう」

ラファエルがぼそりと呟くのを間髪いれずに否定する。

ラースとともに『乙星』騒動の張本人であるユリシーは、身元あずかりという名目の軟禁処分。ラファエルの寵愛《ちようあい》……と言っていいのかどうか、ドSの慈しみをたっぷり浴びてすごしている。

魔法などに手をだせば反省の色なしと見なされその場で重罪刑の執行——ラファエルごと、いやマーシャル侯爵家ごとふき飛んでもおかしくない。さすがにこの男もそこまでのことはしないはずだ。

と、そこまで考えてラースが邪竜と化したもう一つの理由に思い至った。

人間以外のモノにならなければ、捕らわれた時点でより重い刑が科せられるのがわかっていたからだ。

「お前、意外といろんなこと考えてるな」

「きゅおぉ」

頬杖《ほおづえ》をつきつつ言うと、ラースはどことなく自慢げに尻尾をふった。

エリザベスの内在魔力が増してきたことで、以前見たときよりも鱗は黒々かつトゲトゲしくなり、身体もひとまわり大きくなったような気がする。

この『つながってる』感、腹立つな。

「お前も働いてもらうんだからな」

「ぎゅあ?」

やれやれとため息をつく。エリザベスの魔力を安定させなければならないのは、ラースのためでもあり、計画のためでもある。

さて、オレの役割といえば。

数か月ぶりに会ったセレーナ嬢は、相かわらず小動物のようにぷるぷるとふるえていた。

昨年の関わりでオレとハロルドはもう慣れたと思ったのだが、王宮というきらびやかな場であること、さらにエリザベスが同席していることで限界に達しているらしい。

まぁ彼女の書いた小説でエリザベスも多少の厄介をこうむったので、いくらエリザベスがやさしく思いやりがあり心おだやかで天使だとはいえ罪悪感から身がすくんでしまうのはわかる。

「その節はまことに申し訳ありませんでした……」

身体を半分におりまげ、土下座しそうな勢いで平身低頭のセレーナ嬢。

そんな彼女の肩にエリザベスはやさしく手をかけ、ほほえみかける。

「誰にでも間違いはありますもの。それに今度はこちらがお願いする立場ですわ」

そう。

オレがセレーナ嬢を呼びだした理由は一つ。

『聖なる乙女は夜空に星を降らせる』続編の執筆を依頼するためである。

それも、可能なかぎり早く、という要望付きで。

「できるか？」

「は、はい、命に代えてでも」

「いやさすがにそこまで根をつめなくていい。健康第一でやってくれ」

「はい、がんばります」

やはり小動物のように身をちぢめ、拳を握ってファイティングポーズをとるセレーナ嬢。

彼女にとってこれは戦いの姿勢というより防御の姿勢なのだが。

「わたくしのことはお気になさらず、どうぞ思いっきり書いてくださいませ」

セレーナ嬢に倣い、小さくファイティングポーズをするエリザベス。かわいいがすぎる。

セレーナ嬢も前髪で隠れた目を覆って悶《もだ》えている。

「ありがとうございます……！　この命に代えましても！」

「そこは、健康第一でお願いします」

「はっ、はい、そうでした」

暴走しかかるセレーナ嬢をエリザベスがなだめる。

「こちらからの依頼だということはくれぐれも内密に」

「はい、この命に代えましても口外いたしません」

……ツッコミ略。

第二巻のあらすじが以前に聞いたとおりであることを確認する。《邪竜》を復活させた《悪役令嬢》が隣国から攻めこみ、《星の加護》の力に目覚めた主人公と王太子にかえり討ちにあう、というもの。

学園を舞台に恋愛模様を主題とした第一巻とは違い、ここまで荒唐無稽な設定であれば、エリザベスをどうこう言う輩はおるまい。

そうでなくとも去年の一件で王立アカデミアでは『乙星』は禁書扱いになっているし、

『乙星』を勧めてまわっていたドルロイド家が失脚したことで貴族たちもおもてだって口にはださなくなった。それでもまだ熱烈なファンは多いが。

「内容にも一つ注文がある。邪竜の見た目はこのようにしてほしい」

そう言ってセレーナ嬢に一枚の紙を渡す。

「承知いたしました」

そこに描かれているのは邪竜のイメージ図だ。顔つきや鱗の生え方などの解説付き。ラースの実物を見せるわけにはいかないのでオレが作成した。意外とうまく描けた。

セレーナ嬢はこの奇妙な依頼の理由を色々と考えたようだが、疑問の色を表にはださなかった。彼女は彼女で『乙星』を書いたのが自分だとは隠しておきたいのだ。

エリザベスからさらなる激励をうけてふたたび恐縮しまくったのち、大まかなシナリオができたら連絡すると言ってセレーナ嬢は帰っていった。

扉が閉まりきる寸前にスカートの裾を踏んづけたらしく「ひぇぇあっ」という悲鳴が聞こえる。……健闘を祈るぞ。

さて、これで礼儀を重んずるエリザベスの面通しもすんだ。正直セレーナ嬢には荷が重い対面だろうと予想していたとおりだったものの、モチベーションにつながったのでよしとする。

このあとはどうするか……も、もう恋人なんだし、デートに誘ってもおかしくないよな……？

そう考えながらチラッとエリザベスをうかがうと。

エリザベスもまた困ったような顔をしながらオレを見ていた。

「ど、どうした？」

「ほ、本日、殿下からのお手紙には、一人でくるようにと書かれていて……」

思わず口ごもってしまうと、めずらしくエリザベスも歯切れが悪い。

たしかにオレはそう書いた。リーシャ嬢にはあまり計画の内容を察知されたくないので、理由をつけて一人で王宮にきてほしい、と。

エリザベスはうつむいて眉を寄せる。徐々に頬が赤く染まっていく……どうしたのかと思っていたら、その顔がぱっと上を、つまりオレをむいた。

薔薇《ばら》の蕾《つぼみ》のような唇がわななく。

「リーシャ様には、……殿下との、デートだ、と……申しあげたのです。……こ、このままでは、嘘をついたことになってしまいますので……」

「……え、天使？」

「あの……？　申し訳ありません、いまなんと……？」

「あ、いや、なんでもない」

無意識にこぼしてしまった呟きをとり消すために口元を覆い、ゆっくりと考える。

できるだけ嘘をつきたくないという真面目さからくる理由も多分にあるのだろうが……

これは、あれだよな？　そういうことだよな？

遠まわしな、エリザベスからのデートのお誘い。

「庭園の池に水仙が咲きはじめた。菓子を用意させるから、いっしょに見よう」

「……はい」

ほほえんで手をさしだせば、エリザベスはその手をとった。


互いに頬の熱を散らすことができないまま、オレたちは初夏の庭を散策し、いつぞやの東屋《あずまや》へおさまった。ここちよい風の吹く日陰には、すでにテーブルがセッティングされ、菓子や紅茶が整えられている。

会ったこともないはずの料理長以下キッチンの面々までもを、いつのまにかエリザベスは骨抜きにしていた。恋人となってからのはじめてのデートと聞けば趣向を凝らした菓子がずらりとでてくる。

王宮のパティシエの気合のはいったケーキ、タルト、マドレーヌにマカロン。

話は変わるようで変わらないが、エリザベスはかわいい。

はじめて出会った日からこれまで、オレは幾度となくエリザベスの可憐さ、時に芯のある凛々しさ、それゆえにたまにみせるかわいらしさ——等々を実感し、十分に理解しているつもりだった。

しかし『恋人』という響きの甘さは、長年の片想い生活で培ったブレーキをあっさりとぶち壊してしまった。

クリームのたっぷりはいったクレープ生地を細身のスプーンがすくう。極限までやわらかく香ばしく、それでいて透きとおるほどうすく焼かれた生地はナイフなど使わなくともはらりと割れてスプーンにおさまった。

エリザベスはわくわくとした面もちでスプーンを運び、淑《しと》やかさをたもちつつも、よろこびに満ちた表情で味わう。

細められた目が、ゆるむ口元が、紅潮する頬が、すべてが幸せそのものをあらわしていて。

「はぁ……好き」

ついぽろっと、本音が口からこぼれる。

とたん、エリザベスの肩が跳ねた。

次の瞬間にはスプーンをおいてぴっと背筋をのばし、ケーキの甘さではなく照れのためにじわじわと顔が赤らんでいく。

これまでならここで「わたくしもクレープケーキが大好きです」とか言われていた場面である。それを思いだせばいまの状況はとてもとてもとてもとても幸福だ。

「……リザのことだよ」

もの慣れない様子がかわいらしくてつい頬がゆるむ。

エリザベスがこんな表情をするなんて知らなかった。オレを意識してくれる日なんてこないのではないかと思っていた。

は〜〜〜、しあわせ。

にこにこと照れるエリザベスをながめていたら、膝に両手をおいたエリザベスがまっすぐにオレを見つめた。

そして、

「わ、わたくしも、ヴィンス殿下を……お慕いしております……っ」

「――……」

完全なる不意打ちに、反射的に椅子から立ちあがろうとして足をもつれさせ、オレは床へとふっ飛んで頭を打った。

「ヴィ、ヴィンス殿下!!」

エリザベスが悲鳴をあげるものの、オレの従者《ハロルド》は駆けつけてこない。というかたぶんちょっと離れた場所でため息をついている。

後頭部の痛みにこれが夢ではないことを確認しながら、オレは一つのことを理解した。

すべてを跳ねかえす完全防御をくずされたエリザベスは、今度はすべてを刺し貫く最強の攻撃を得てしまったのだ。

エリザベスはまっすぐに水さしを見据え、ふちに指先を添えると、静謐《せいひつ》な声色で告げた。

「水よ、満ちよ《フィリテ・レイニア》」

すぐに、ふれているガラス面からつるつると水が湧きだす。それはやがて小さな水流となり水さしの中に渦を巻く。徐々に水位を増し、ついには水さしの縁からあふれるほどにまで。

これまでは器に半分ほどの水をあらかじめいれておき、文字どおりそれを『呼び水』として使っていた。けれども今回はなにもないところから水を得ることに成功した。

魔法の訓練をはじめて一か月たらず。

「目覚ましい進歩だ、エリザベス」

「ヴィンセント殿下のお力添えがあるからですわ」

オレを見上げたエリザベスがにこりと笑う。

お世辞ではなく本当にオレのおかげだ。なにせエリザベスは集中力をたもつためにオレを頭の中に思いえがいているのだから。は〜〜〜この相思相愛感。

照れまくっていたエリザベスも、徐々におちつきをとり戻しつつある。

「当然といえば当然なのですけれど、この訓練のおかげで殿下のお顔を見ても極端に照れることはなくなったのです」

わかる。オレも昔そうだった。

とは言えず、オレは余裕のほほえみを浮かべてうなずいた。

「それはよかった。君の役に立てるなら、これほど嬉しいことはない」

「ええ、わたくしもリーシャ様に負けていられませんから」

エリザベスは隣に目をやった。つられてそちらに視線を移せば、やや離れた場所にラファエルとリーシャ嬢が対峙《たいじ》している。

ちなみにここは屋外である。王宮の棟と棟のあいだにつくられた内庭だ。そよぐ風とやわらかな日光を浴びながらエリザベスとリーシャ嬢は魔法の特訓をしている。

そんなさわやかな空気をまるっと無視して、ラファエルは底意地の悪さがあふれでるように唇を歪ませた。

「フフフ……見せてもらおうか、君の力を」

「負けませんっ!!　光よ、壁となれッ《フリッカ・ライト》!!」

「水よ、氾濫せよ《フラド・レイニア》――」

叫びとともにリーシャ嬢が両手を前に突きだす。手のひらから凝縮された魔力がほとばしり半透明の壁をつくった。制御が難しいらしく厚く光り輝いたかと思えばほとんど透明になってしまったりもするが、とにかくそれは『壁』だった。

ラファエルが魔法で生みだした水流をはじいている。

『壁』の原理は母上がラースをつかんでいたのと同じだ。大量の魔力を凝縮することで魔法耐性のある物理的な層をつくる、それだけ。しかし水や火といった触媒を用いることなく魔力を魔力そのものとして固定化するのはとんでもなく難しい。

聖属性の魔法使いが少ない所以《ゆえん》である。

リーシャ嬢、本当の本当に魔法の素質があったんだな……。

しばらくすると集中がとぎれたのか、魔力が底をついたのか。展開していた壁が消えた。

当然ラファエルのくりだす水流は無防備なリーシャ嬢に襲いかかる。

「きゃあああっ!!」

ラファエルは水滴の飛んだモノクルを拭き、かけなおしながら、濡《ぬ》れネズミとなったリーシャ嬢をながめた。

「そんなものかい？　君の力は」

「くうぅ……っ！　も、もう一度お願いしますっ!!」

己を鼓舞するように拳を握りしめるリーシャ嬢。漆黒の目は深みを増して光り輝く。

見事にラファエルの演技にのせられてるな。……いや、演技かあれ？　うん、まぁ演技だろう。そういうことにしておこう。

「君の魔力だけではボクには勝てない。……どうすればいいか、教えたはずだよ？」

台詞自体は師匠っぽいのに表情が極悪すぎて敵にしか見えないラファエル。

「……!!」

リーシャ嬢は目を閉じると胸の前で両手を組む。

声にはださず、けれども唇が小さくマリウス殿の名を呼んだ。

大量の魔力を利用するためにはいくつかの方法がある。あらかじめ時間をかけて己の内部に魔力を蓄えておく方法、魔石などから供給する方法、そして最後が、他者や自然などの他生物からわけてもらう方法である。しかし当然ながらこれはもっとも集中力を要し、難しい。

あのときのように、リーシャ嬢の周囲が輝きはじめる。黒髪は光の反射を受けて様々に色を変えた。まるで七色の虹。

シンプルなドレスも宝石を散りばめたごとく光のかけらをまとっている。

片手をかざし、リーシャ嬢は澄んだ声で告げた。

「光よ、壁となれ《フリッカ・ライト》」

詠唱とともに完璧な長方形の光の壁が出現した。

「ふふ、そうこなくっちゃ♡　――水よ、氾濫せよ《フラド・レイニア》」

ラファエルが水流を放つ。今度は、壁は難なく攻撃を防いだ。それどころか吸収さえしているようだ。しぶきはあたりへ飛びちるのではなく壁にぶつかって消えてしまう。

なるほど、これが【聖なる壁】が完璧に出現したときの効果なのか。はじめて見た。

属性を付与された魔力を分解してただの魔力に戻し、吸収する。実質無敵の魔法防御であるが、初期投資《オーバーヘッド》がでかいのと魔法にしか効かないので実戦ではほとんど使われない高等魔法。

ラファエルの笑みが深くなる。

す、と指先がリーシャ嬢を狙ってのばされた。

「ではこれではどうかな、——水よ、竜となれ《ドラゴ・レイニア》」

先ほどからラファエルが放っているのはエリザベスが使った魔法の上位版だ。違いは単に水量だけ。とはいえ、魔力と技術の違いは明確な差となってあらわれる。

いったん収まった水流は、次の瞬間、ラファエルの指先から一直線に飛びだした。まさしく水竜のごとく、内庭全体を水浸しにできてしまうほどの奔流がうねりをあげてリーシャ嬢を襲う。

「……っ!!」

今度はリーシャ嬢は悲鳴をあげなかった。ラファエルとくりだされる水竜を見つめ、【聖なる壁】を維持しつづけた。

そして。

ざっぱーん。

最後の最後まで形をたもってから、壁はかき消えるように失われた。見事に押し流されて尻もちをついたリーシャ嬢にラファエルがほほえむ。

「今日はここまでにしましょう」

合格点、ということらしい。リーシャ嬢が安堵《あんど》の息を漏らす。ラファエルは汗ひとつかかず、服装の乱れもない。いつもどおりの笑顔でたたずむ。

オレを含め、ここにいる誰もが正式な《魔法使い》の資格をもつラファエルとの実力差を感じていた。

……と、素直に感心している場合ではない。嫌な予感にエリザベスを見れば、エリザベスは頬を紅潮させてラファエルを見つめている。純真な紫の瞳にあふれるのは掛け値なしの尊敬。

「お見事ですわ、ラファエル様。わたくしももっと精進せねばなりません」

「はい、エリザベス様も着実に上達しておられます。訓練をつめばいまの規模の魔力を扱うことも可能です」

「わたくしにもですか？　それではますます励みませんと！」

エリザベスが嬉しそうに笑う。

こいつ、リーシャ嬢といっしょにエリザベスのモチベーションまであげてきたぞ。同時に好感度もあがる演出がいやらしいな。さすがは稀代の魔法使いにして稀代の女好き。

ぐぬぬぬ、と唇を噛むオレの前に、さらにもう一人。

「エリザベス様、濡れておりますよ」

レオハルトが背に流れる髪を指しながらハンカチをさしだす。

いや、嘘だろ？　エリザベスに水はかかっていない。しぶきがあたりそうならオレが飛びだそうと思ってかまえていたからわかる。

さすがにそれを指摘するのは狭量かと黙っておくものの、いまいち釈然としない。

もう好感度をあげる必要はないだろうに。まさか本気でエリザベスに惚れたのだろうか。

レオハルトのひねくれた心をエリザベスが溶かす……ありえすぎて怖い。

ハンカチをだすなど、次の約束をとりつけるための方便である。

「ありがとうございます、レオハルト様」

エリザベスは受けとって、言われた個所をぬぐった。

「次にお会いしたときにおかえしいたしますわ」

意外なことに、やはり『次』を口にしたエリザベスへレオハルトは首をふった。すっと手をさしのべてハンカチをひきとってしまう。

「いいえ、そこまでお手をわずらわせることはありません」

「まぁ……では、お言葉に甘えまして」

エリザベスは会釈をして話をおさめた。みかえりを求めないところが純粋な親切めいていてレオハルトらしくない。オレの内心はそわそわとおちつかない。

「……ぐぐぎゅ」

足元から低いうなり声が聞こえて視線をやれば、オレの隣でラースも顔をしかめていた。尻尾が地面をバシバシと叩く。

エリザベスはリーシャ嬢を助け起こし、侍女とともに屋内へとはいっていった。着替えをするのだ。

様子を見ていたラファエルにくすりと笑われ、眉を寄せる。

「婚約者様は順調かい?」

「もちろんだ」

なみなみと水をたたえた水さしを指さす。ラファエルもうなずいた。

エリザベスの魔法素養は着実に磨かれている。普通の人間なら数か月かかってもたどりつけないかもしれない過程をひと月に短縮しているのだから、その努力は並大抵ではない。エリザベスだからこそできることだ。

リーシャ嬢の『開花』を間近で見てしまったエリザベスはわかっていないかもしれないが、あれはあれで荒療治であってリーシャ嬢の豊富な魔力量と素養の見込みがあったからこそやったことである。

本当は、エリザベスのためならオレも三階から落ちてもいい。しかしラースを無理なく成長させるためには地道な研鑽がよいだろうということでこのやり方になった。

ラースはひとまわり大きくなって以降は大きさの変化はないが、威嚇の際には鱗の先まで紅く光るようになり、それがエリザベスの魔力を吸った結果だと思えば剝いでやりたくなるほどだ。本人（竜？）もたまに舌をだしながら目と鱗を点滅させてくるし。腹立つ。

それとなくエリザベスにさぐりをいれたところではラースとのふれあいは控えているそうだが……。くれぐれも中身が年頃の男であることをおぼえていてもらわねばならん。男なぞみんな狼《おおかみ》だ。……とは言えないので、「危険な邪竜であることを忘れないように」と訓示しておいた。エリザベスは表情をひきしめてうなずいてくれた。


エリザベスとリーシャ嬢を公爵邸に送り届け（ラファエルを一人で帰らせ）、レオハルトと王宮に戻ると、ハロルドと『ゆかいな仲間たち』がまっていた。

ハロルドは訓練には参加せず、ノーデン家を訪問したのだ。

用件は以前にあずけた裏切者たちの現状確認である。で、縛られもせずにここにいるということは、彼らは首尾よく我々の仲間となったということだ。

「おぉ、慈悲ぶかい王太子殿下！　このたびは私共の目をひらいていただきありがとうございました……!!」

「自分がなにをしようとしていたのか、本当の意味で理解できた心もちです」

「私共は、国を想う気持ちはあったのですが、そのやり方が間違っておりました」

「気づくことができたのは寛大で慈悲深いレオハルト殿下と貴方様のおかげです」

オレの顔を見た途端に芝居がかった身ぶりで床にひれ伏す彼ら。

うむ、洗脳《きょういく》の効果は十二分に発揮されているな。さすがはノーデン家、ものの一か月で暑苦しさと忠誠心を叩きこんでくれたようだ。人は朱に交われば赤くなり、類は友を呼び、お友達は選ぶべきなのである。

彼らのあがりまくっている気勢にあわせ、オレもまた慈愛に満ちた《王太子スマイル》をかえした。ちなみにオレの姿を認めたハロルドは背後へとひきさがったが、こちらは無言・無表情だ。飴《あめ》と鞭《むち》である。

「レオハルト殿のそなたたちを想う心がぼくにも伝わったのだ」

「レオハルト様……!!　道を誤った私共を救ってくださった……!!」

「ぼくの王子としての能力がふがいないばかりに、そなたたちには心配をかけた」

「めっそうもございません……!!」

「なんとおやさしい……」

集中する視線の真ん中で、レオハルトもまた《王族スマイル》を浮かべる。両手をすりあわせて拝む元裏切者たち。暗黒微笑におびえてアクトーの名を自白《ゲロ》ったことは記憶の彼方にすっ飛んでいったようだ。

まぁここまでされればアクトー侯爵がオリオン国で権威をたもてないのは自明だからな。簡単な算数ができる者ならレオハルトにつく。

そしてそこへノーデン家方式のていねいな暮らし――当主から使用人までいり乱れた肉体の鍛錬、美しい物語と学問による精神修養、腹を割って語りあう研鑽の時間……などとザッカリー殿が呼ぶカリキュラム――をぶちこめば、自分の本心がわからなくなるのも仕方がない。いい意味で。

はらはらと涙すらこぼす彼らにやさしい声をかけながら、レオハルトはきらりと目を光らせた。

「では、本当に王家のためになることを成し遂げるために……マリウス兄様を王とするために、そなたたちにしかできぬ役目を任せたい」

次の瞬間、野太い感激の声が王宮へと響きわたり、従者たちはハロルドにめちゃくちゃ怒られた。

それからさらにひと月ほどたったころ、『聖なる乙女は夜空に星を降らせる』の第二巻が発売された。

無理をしなくてよいと言ったのに脱稿どころか出版までがこのペースで進んだのは関係者の尽力のため……というか金にがめつい編集長とやらのおかげであろう。

前作で波紋を呼んだ『オレとエリザベスそっくりの挿絵』は今作ではいっさい使われず、登場人物たちの容姿もぼかされた。今後は一巻からも挿絵を削除する方針だそうだ。オレたちへの配慮というよりは単純に版木を彫りなおすのが面倒なのと話題づくりの役目を終えたからだろう。それをわざわざ上申してポイント稼ごうとしてくるあたりが商売人である。

これまで挿絵にかけていた投資金を浮かせ、今度は販路拡大のために使うそうだとセレーナ嬢も手紙に書いて寄《よ》こした。

あとふた月もすれば隣国まで伝播《でんぱ》するはずだ。


計画は順調。

エリザベスとリーシャ嬢の魔法の訓練も日々進んでいた。

ラファエルからは毎週末にしごかれ、平日分の宿題をだされ、しかし二人とも厳しい訓練のことなど微塵《みじん》も感じさせない。むしろエリザベスとともに暮らすことでリーシャ嬢の言動は日増しに洗練されてゆく。

染みついたものは消せないので時々は「がんばりますっ！（ガッツポーズ！）」みたい

な仕草がでるのもご愛嬌《あいきょう》だ。マリウス殿もそこは失ってほしくないだろうしな。

エリザベスもそのあたりは理解して、あまりうるさくは言わないようにしているそうだ。もはや彼女たちのスケジュールは分刻みとなってしまっているが、エリザベスは演技力以外は完全無欠の天使なので、

「入学前に三年分の予習をしておいてようございました」

とほほえむだけ。リーシャ嬢は睡眠時間を削って根性で学問・魔法・修身の三立にかじりついているらしく、

「王妃となるならばこのくらいの激務には耐えねばならぬとレオハルト様がおっしゃっておられました……っ!! わたし、体力には自信があるのですっ!!」

とラファエルの水流弾を浴びてびしょ濡れの格好で言いきっていた。レオハルトの真意は異なるだろうがそれが彼女の励ましになるのなら黙っておこう。

本が出版されたことによりエリザベスには芝居の特訓がプラスされた。

リーシャ嬢を先に帰らせ、オレとエリザベスは、、、デートの名目で一応の稽古をつける。

「我が呼びかけに応じ、おいでくださいませ、《燃え盛る鉄竜《イヴリース》》!」

「きゅおおおおおんんっ」

防音設備の完璧な二人と一頭きりの部屋で、エリザベスが両手をふりあげて叫ぶ。ラースが吼《ほ》える。

かたわらのテーブルには『乙星』第二巻。ひらかれているのは主人公と邪竜の決戦シーンだ。

「エリザベス……台詞が、違うぞ」

「あらっ、本当ですわ。申し訳ありません……お相手がラース様なので、つい」

「きゅうん……」

指摘すればエリザベスは申し訳なさそうに眉をさげた。

「エリザベスは心の底から礼儀正しいからな……悪役になりきるのは難しかろう」

「いいえ、リーシャ様のため、やりきってみせますわ」

決意の表情を浮かべるエリザベスはまぶしく、やはりどう見ても悪役ではない。

計画は順調だ、エリザベスがかわいすぎてまったく怖くないことを除けば……っ！　そして腰砕けになったオレがまともに指導できないという問題を除けば。

計画はとても順調だった。

あの大ヒット小説『聖なる乙女は夜空に星を降らせる』の第二巻が隣国で発売されたそうだ。

それが速報として王宮まで伝わってくるのだからすごい人気だとマリウスは感嘆する。作者は不明だが、これだけ人の心をつかむ物語が書けるのなら食べていくにも困るまい。

自分にもそういった才能があれば……と考えそうになって首をふる。

リーシャは自分に王位を継ぐことを望んでいるのだと、レオハルトが言っていた。そして自分の隣に立つためにいま隣国で厳しい特訓にも耐えているのだと、日々届くレオハルトからの手紙にはリーシャの勇気と進歩を褒める言葉があふれていた。

マリウスと会っていたときには、『乙星』は自分とは関係のない、ただの物語でしょうと、ほんの少しの悲しみをにじませながら語っていたリーシャ。その心を変えさせたのはレオハルトだ。

マリウスのすべきは、彼女に信頼されなかった自分におちこむことではなく。

彼女の期待に応える王となるため、粉骨砕身の努力をすること。

わかってはいる——のだが。

二〇年近い人生を、積み重ねてつくりあげてしまった隔たりは大きい。弟であるレオハルトが持ち前のかわいらしさと明晰《めいせき》な頭脳で皆から慕われるあいだ、マリウスは人目におびえて暮らしてきた。

変われ、と言われて変われるのなら、とうに変わっているのだ。

宮廷の晩餐会《ばんさん》にだって出席した。しかし型通りの挨拶しか言えぬ自分には、機知にとんだ話題で客を楽しませることもできない。レオハルトなら、リーシャなら、そう考えながら接しているうち、自分の要領の悪さに辟易《へきえき》する。

マリウスに王太子らしい立ちふるまいなどできない。

けれど、できる、とレオハルトとリーシャは信じている。純粋な信頼がマリウスを苦しめた。

小説の中の王太子は、主人公のためにめざましい変化を遂げた。それは愛のため。ならば、変われない人間に愛はないのだろうか。

好きだった『乙星』は読むのが苦痛になり、この数か月は手にとっていない。

自分が変われなければ、リーシャを想う気持ちまで嘘になってしまいそうで。

アクトー侯爵から『乙星』の続編を手渡されたのは、そんなときだった。

政務を行うための部屋に現れた男は、椅子に腰かけたマリウスより頭が高くならぬよう注意を払いながら『乙星』第二巻を押しつけるように手に握らせた。

（……？？）

素直な反応としては困惑ただそれだけだったが、さすがに表にだしてはいけないだろうと平静を装う。

王家との縁談が白紙に戻ってからというもの、アクトーの必死さは誰もが感じているところだった。

「これは我が部下が隣国よりひそかに送ってよこしたものです」

アクトーは真剣な表情で、声をひそめて告げる。あまりにも人目をはばかるのでマリウスは身を屈《かが》めて耳を近づけなくてはならなかった。

芝居がかった仕草でアクトーが言うには、留学中のレオハルトに現在とんでもないことが起きているらしい。

レオハルトは、隣国でとある令嬢に一目惚れをした。妃になってほしい、国へ戻るときにいっしょにきてほしいと大騒ぎだったそうだ。

その件についてはレオハルトからの手紙にも書いてあったので驚かない。ぼくは運命の相手を見つけました、と情熱的に書かれていて、弟の意外な一面をほほえましく思ったものだ。

しかしアクトーの部下の報告では、その相手はエリザベス・ラ・モンリーヴル公爵令嬢――『乙星』第一巻での《悪役令嬢》なのだという。

「いや、小説の中の話だろう? 話題をつくるために権力者をあげつらう、よくある手ではないか」

「それがそうとも言いきれませぬ。第二巻で《悪役令嬢》は自分を追放した国を逆恨みし、邪竜を召喚するのです。……なんと、それがしの部下は、公爵令嬢が邪竜とともにあるのを見たのだそうです！　こちら——ここに、動かぬ証拠が」

そう言ってアクトーがさしだしたのは、黒曜石と見間違えるほどの硬く深みのある物体。先の尖った表面はまるで磨きあげられた鏡のように輝き、実際にのぞきこめばマリウスを映す。

「これは……鱗か？」

微弱ながらも魔力をおびる黒鱗を見てさすがにマリウスも絶句した。

魔石をよほど精巧に加工したものか、さもなくばアクトーの言うとおりドラゴンの鱗であろう。それが邪悪なものかどうかはまだわからないにしろ。

「『乙星』の作者は王家の裏側に気づいたのでしょう。真実を訴えようと筆を執っているに違いありませぬ。かの国は邪竜を飼い、我が国へ攻めいる気です」

マリウスの無言に意を得たのかアクトーはヒートアップし、誰かに聞かれれば戦になりかねない讒言《ざんげん》まがいの主張をまくしたてる。

その背後に邪悪なオーラが見える気がした。

まるで彼のほうが邪竜に憑《と》りつかれたかのようだ。

思わずひそめた眉を好きなように解釈したらしい、アクトーは同情を含んだまなざしで大きくうなずいた。

「レオハルト様は邪竜に魅入られてしまったのでしょう。……マリウス殿下のお命を狙うやもしれません」

「レオハルトが？　まさか。無礼はよせ。いまのは聞かなかったことにしておく」

ため息をついて首をふった。あの純真な弟がそんなことをするわけがない。……その信頼の後半は正しいが前半は仮初の姿であることをマリウスは知らない。

「アクトー侯爵。あなたは少し弟を色眼鏡で見ているのではないだろうか」

わたしのこともだが、と心の中で呟く。

アクトーは権威主義者だ。

レオハルトを王太子に、という意見が囁かれたとき、それを潰してまわったのはほかならぬ彼だ。だからといってマリウスの味方であるわけではない。

彼が重視するのは長男が王家を継ぐことであり――それによって優秀な弟を追いやって当主を継いだ自分を正当化するためでもある。

アクトーがレオハルトを危険因子として扱うたび、その裏側にある心が透けて見える気がする。マリウスでは頼りないと、このままでは弟に王座を奪われかねないと思っているのだ。

隣国へ留学中のレオハルトをわざわざ監視させているのだってその証左だ。

黙りこんでしまったマリウスを、アクトーはひざまずいて見上げた。やはり芝居がかった仕草だと思う。

重たげな瞼からのぞく視線はマリウスへ一直線に駆けてくるようでいて、その実その目にマリウスを映してはいない。彼の目に映るのはただ王太子という肩書をもつだけの男だ。

「それがしは、王太子殿下に忠誠を誓っているのです」

「……ありがとう」

そうとしか言えない己の勇気のなさに内心でほぞをかむ。

混乱したこの状況はマリウスの責任だ。

深々と礼をして去っていくアクトーを見送り、マリウスはようやく手の中の小説を執務机に置いた。安い紙を使った本は手のひらに浮いた汗を吸って歪んでしまった。

表紙には流れる黒髪を風になびかせた少女がほほえんでいる。

どこかリーシャに似ている気がした――いまや彼のもとを遠く離れてしまった気がするリーシャに。

人は、変われるのだろうか。

# 第五章 恋の魔法

「魔力はすべての生物が生まれながらにそなえているエネルギーである。所有量は個人により差がある。精神修養を積むことである程度まで所有量を増加させることができる。魔石などは魔力を蓄積し魔法の効果を継続的に利用可能で――」

魔法学の講師が読みあげるのを聞きながら、手元のテキストでも確認する。すでに入学前の予習で知っていた内容でもあり、魔法の訓練を開始する前にもラファエル様から説明を受けた。

それでもやはり、実践の経験がある状態で聞けば新たな気づきが得られるものね。

近ごろラース様の毛なみ……もとい鱗なみがツヤツヤしているのは、その主人であるわたくしの魔力量が増えているからね。大きくなりすぎないように、とラファエル様がラース様に魔石を呑《の》ませていらっしゃった。ラース様の魔力はそこに蓄積されるのだわ。

リーシャ様はもともと魔力量が大きく、かつのびしろもある。わたくしはそこまでではないけれど、王妃教育で培った精神力に努力を加えれば結果はだせるはず。

「――では、実際に魔法を使ってみましょう」

ひととおりの説明を終え、テキストを閉じて講師が告げる。教室はひそやかなざわめきにつつまれた。わたくしの右隣に座るマーガレット様も興奮に目を輝かせる。

示されるのは数か月前からなじみの呪文。

生徒たちの机に水のはいったガラスの容器が配られた。椀《わん》型の容器に指先をふれ、眉を寄せて皆できる限りの集中をしている。

「水《フィリテ》よ、満《レイニア》ちよ……！」

「水《フィリテ》よ、満《レイニア》ちよ‼」

教室のあちこちから声があがる。けれど、ほとんどの水に反応はなかった。はじめてならば水面が揺れるだけでも上出来というもの。訓練の最初の日を思いだしてなつかしくなる。

わたくしの隣ではやはりマーガレット様が真剣な面もちで呪文を唱えていらした。マーガレット様は運動がお得意で、精神力、集中力ともに抜群。きっかけがあればすぐにコツをつかむはず。

わたくしは身を寄せ、そっと秘密を囁いた。

「お水の中に大好きな方のお顔を思い浮かべるといいのですわ、マーガレット様」

マーガレット様ははじかれたように顔をあげる。表情に浮かぶのは驚きだ。それから――なぜか一瞬、眦《まなじり》がつりあがったような気がしたけれど、それはすぐに戻った。

わたくしをじっと見つめ、じわじわと頰を赤く染めながら、マーガレット様はふたたび水とむきあった。

ふふ、いけない、ついつい顔がゆるんでしまう。きっとマーガレット様はハロルド様のお顔を思いだしていらっしゃるに違いないわ。

ちらりと視線をむけられる。がんばって、と声にはださずに笑いかけると、マーガレット様もこぼれるような笑顔をかえしてくださる。

そして。

「水《フィリテ》よ、満《レイ》ちよ《ニア》」

おごそかに告げたマーガレット様の容器から飛びだした水流が、噴水のように放物線をえがいてふりそそいだ。


「エリザベス様、どうなさったのですか……？」

授業を終え、まちあわせ場所を訪れたわたくしをみてリーシャ様は驚きの声をあげた。朝は結っていた髪をほどき、寒くもないのにケープを羽織っているから当然ね。

噴水の被害をもっとも受けたのはご本人のマーガレット様、次いで隣にいたわたくしだった。今日は勉強会の予定もないし、着替えはせずにこのまま帰ることにしたのだ。

「いえね、幸せなお二人の愛を見せつけられてしまいました」

あの噴水はハロルド様への愛の大きさの証《あかし》でしょう。わたくしが最初にヴィンセント殿下を思い浮かべたときもあれほどにはならなかったもの。殿下の婚約者として負けていられないわ。

事の顚末《てんまつ》をリーシャ様にお話しすれば、リーシャ様も意欲を刺激されたようだった。

「愛が力になる……なんて素敵なのでしょう。わたしもマリウス様のためにがんばります!! 愛を証明してみせます！」

「ええ、その意気ですわ！」

二人で手をとるとうなずきあう。最初のころには「公爵令嬢様に触れるなんて畏れおおいことにございます……」なんておっしゃっていたリーシャ様だけれど、三か月も一つ屋根の下で暮らしていれば自然と仲よくなれた。

素直で純粋なお人柄だ。勉強は苦手だと頭を抱えていたものの、講義の内容はきちんと理解するまで質問を重ね、わたくしたちの勉強会で応用の範囲まで踏みこんでいる。

それに加えて、礼儀作法の習得と、魔法の修業まで。リーシャ様いわく、オリオン国にいたころは令嬢というより平民に交じった生活をなさっていたそうで、体力なら自信があるのだとか。

持ち前の元気と明るさでリーシャ様は厳しい特訓をこなしていく。わたくしも身のひきしまる思いがする。

「リーシャ様、本日の修業もがんばりましょうね」

「はいっ!!」

馬車中で切磋琢磨《せっさたくま》を誓いあうわたくしたちを祝福するかのように、熱をおびた陽光が窓からさしこんでいた。


公爵邸に帰宅してからは本格的な魔法の訓練になる。

ラファエル様のようにはいかないけれど、いまではわたくしも水流を生みだせるようになった。勢いよく噴きだしていたマーガレット様の魔法を思いおこす。

わたくしのヴィンセント殿下への気持ちも、負けぬほどに大きいはず……!!

気をひきしめて前をむくと、ラース様も「きゅあぁっ！」と声援をくださった。リーシャ様ももう黒竜の姿におびえたりはしない。

「水よ、氾濫せよ《フラド・レイニア》！」

王太子然とした、優雅な笑顔を思い浮かべながら呪文を唱える。重ねた両手からわきあがった飛沫《ひまつ》はやがて一つにまとまってほとばしり、リーシャ様へと突進していく。

これまでで一番の出来だ。マーガレット様にも勝てそうかしら。

「光よ、壁となれ《フリッカ・ライト》！」

対するリーシャ様も両手をかざして【聖なる壁】を出現させた。わたくしのあやつる水流が吸いこまれてゆく。

ここまでたどりつくのはなかなか長かった。わたくしの魔法が弱ければ光の壁に届く前に落ちてしまい、床はびしょ濡れ。逆にリーシャ様の集中がとぎれればリーシャ様やその周囲の家具がびしょ濡れ。

こうした緊張感のある環境で魔法を扱うことにより、集中力は否《いや》が応でも増す。一応本当に濡れて困る図書類は別の部屋に運ばせたけれど、いまのところそれは杞憂《きゆう》のまま。

二人（と一頭）でむきあい、魔法を維持する。

そして——。

「それで、お国でのマリウス様とのデートは、いかがでしたか？」

「いえそんな、デートなどというものではないのです。ただいっしょにお花を見たり、小鳥を見たり……」

「まぁ素敵ですわ。それは立派なデートです」

「エリザベス様だって、毎週デートをされているではありませんか。先日はクレープケーキをめしあがったと……」

「ぎゅあぁっ!?」

いけない、ケーキの日のことはラース様には内緒だったわ。

「マリウス様はどんなお方ですか？　レオハルト様に似ていらっしゃる？」

「そうですね、髪の色はマリウス様のほうが少しだけおちついておられます。目は澄んだ海のような青で……表情はおだやかで、おやさしい」

女子が二人いればはじまるのは恋バナ……もちろんこれは集中力をあげるため。実際、想う人を心にえがくのとえがかないのでは魔法の持続時間が違った。ヴィンセント殿下もラファエル様もそれでよいと言ってくださった。ラース様だけはいつもご不満そうだけれども。

「ふふ、リーシャ様とお似合いでしょうね」

まだ見ぬマリウス様とならぶリーシャ様を想像して、わたくしは口元をゆるめた。

レオハルトが三階から落っこちてから四か月あまり、リーシャ嬢の聖なる壁はついに完成を迎えた。ラファエルがめずらしく真剣な顔で隅から隅まで【壁】を検分したのち、

「これならすべての属性の魔法を吸収することができるでしょう」

と太鼓判を押したのだ。そのころには魔法の範囲はひろがって、壁はドーム状の半球体となっていた。

その内側に立てばいかなる魔法も効かぬ、文字どおり無敵の守り。

「あっ、ありがとうございます！　皆様のおかげです！」

「おめでとうございます、リーシャ様！」

認められたことでぱぁっと顔を輝かせるリーシャ嬢。エリザベスも駆けよって喜んでいる。手を握って、笑顔で……。

いいなぁ、という顔で見ていたらいつもの氷の視線が突き刺さった。ハロルドだ。リーシャ嬢がエリザベスの家に泊まりこんでいると知ってしまったマーガレット嬢から会うたびに嫉妬と羨ましさを混ぜあわせて一〇〇倍に薄めた愚痴を聞かされているという。あとなんかオレも恨まれているらしい。身におぼえがない。

なにはともあれ、これで修業は終わり……と力を抜きかけたリーシャ嬢に。

「では次は攻撃魔法に移りましょう」

それはもうあっさりとラファエルが告げる。

「……攻撃魔法、ですか？」

「そういえば、ラファエル様は高等魔法を二つと最初におっしゃっておられましたわ」

「はい、ボクが開発したリーシャ様オリジナルの攻撃魔法です。といっても、祝福の加護をベースにしていますから、邪悪なものにしか効きません。おまじないみたいなものですよ。聖女と呼ばれるならば守りだけでなく破魔の力も身につけなければ」

すました顔で説明するラファエル。本当のことをいえばオリオン王国の『聖女』とやらの資格がなんなのかはレオハルトもよくは知らず、オレたちの用意したシナリオに必要なだけなのだが。

ラファエルは片手をかざすとそこにリーシャ嬢と同じような光の壁をつくりだした。

「リーシャ様はすでに【聖なる壁】を具現化できていますから、今回は早いはずです」

「はい……!」

「【壁】を【矢】に変えるだけです。簡単でしょう?」

「はい!!」

語るラファエルの手のひらで、光の壁はいくつかの列にわかれて切っ先鋭く変化する。

そしてひらりと手をふったのと同時に放たれ、近くの茂みへと落下した。

ラファエルの言うとおり植物へのダメージはない。それどころか、矢を浴びた草木は周囲よりも生きいきとしている。

なるほど、魔力を聖属性として放つと生命エネルギーに還元されるわけだ。……と、納得したが、これ【聖なる壁】と同じ難易度だろ。

リーシャ嬢は元気よく返事をしたものの、簡単なわけがない——そう思いきや。

「まずは……【壁】っ! 光よ、壁となれ《フリッカ・ライト》!! それから、えーっと、【矢】になーれ!!」

ラファエルよりも大袈裟《おおげさ》な身ぶりで、リーシャ嬢は両手をひろげると【壁】をつくった。

ついで、とんでもなく軽いノリのかけ声とともに両手をふる。

光の壁が、小さな欠片に砕けて散った。

先ほどラファエルがやってみせたのと同じことだ。ただしその数は何十倍にもなる。

「えいっ!!」

またもや気の抜けるようなかけ声でリーシャ嬢はひらいた手を拳に握った。

周囲に浮かんだ光の粒がさっと集まり矢じりとなる。それらはまっすぐに空を目指して飛びあがると弧をえがいて四方へ散った。

光の矢は小さな雷となってあたりを白ませながら落ちてゆく。彼女の魔力を浴びた植物はやはり生きいきと輝いた。しなびてうなだれていた花まで息をふきかえす。それもまたラファエルのお手本より大きな効果だ。

「すばらしいですわリーシャ様！　扱う魔力が大きくなればなるほど制御が難しいと本で読みました。リーシャ様の努力が花ひらいたのですね」

エリザベスが手を叩いて称賛を贈る。そして——そう、そのとおりなのだ。

大量の魔力を無詠唱でいっきに加工、放出。そんなことはオレにもできないことで。リーシャ嬢の実力をもってすれば、それこそ母上のようにラースの首根っこをつかむことも可能になる。

「エリザベス様、ありがとうございますっ！　エリザベス様が励ましてくださったからですわ」

「いいえ、リーシャ様ご自身の努力のたまものです」

手に手をとりあって喜んでいる二人の前で、オレとレオハルトは無言で顔を見合わせた。レオハルトの顔にもでっかく「想定外でした」って書いてあるな。

その真ん中にダブルピースのラファエルがはいってこようとして、「不敬です」とハロルドに首根っこつかまれていた。一応オレたち王族だしな。

一歩さがったところでごほごほと咳ばらいをしてからラファエルがうなずく。

「こういうタイプには考えさせるより感じさせたほうがいいんです。あと【聖なる壁】の時点で聖属性が加わっていますから完全に無詠唱というわけではありませんよ」

なるほど、【壁】を経由せずに【矢】にはできないということか。

「さーて、必殺技には叫ぶための名が必要です♡　ボクのとっておきの命名をさしあげましょう」

どこからだしたのかラファエルは細長い筒をもっていた。そこからしゅるしゅると金銀のリボンをあしらった垂れ幕がひきだされていく。

「私の愛は矢のように貴方に降りそそぐ《ラブ・ィズ・アロー》、――いかがでしょう?」

「まぁ、なんてロマンチック……!」

垂れ幕に書かれた文字と発音されたネーミングで、だいぶニュアンスが違う気がするが、当の使い手に違和感がないようなのでよしとしよう。エリザベスも笑顔だし。

「必殺技は叫ぶ際に口にしやすいものがよいとマーガレットも言っていました」

「そうなのか……」

マーガレット嬢、必殺技を身につけたのか。

彼女の華麗なるまわし蹴りはいまもなおオレの脳裏に焼きついているが、それを言うとハロルドのお叱りを受けそうなので黙る。

「フリッカ・ライト！　ラブ・イズ・アロー！　ラブ・イズ・アロー！」

リーシャ嬢は壁をつくっては矢に再構成し、バンバン撃ちまくっている。この調子だと我が王宮の庭は一角だけ花が咲き乱れることになりそうだ。

少し離れた場所でラファエルは今度はラースを検分し、「こっちもオッケーだね☆」とウィンクしてみせた。なにをされたのかラースはげっそりと肩を落としている。

エリザベスが両腕で大きく丸をつくった。自信満々のエリザベス、かわいい。

父上を通じてオリオン国へ親書を送ってもらい、国王夫妻に計画の説明もすませた。

「すべての準備がととのったな」

計画を実行するとしよう。

「協力に感謝する」

レオハルトはうなずいた。

そして、

「リーシャ、エリザベス様がオリオン訪問を了承してくださった。帰国するぞ！」

「えええええええっっ⁉︎⁉︎」

告げられた台詞に、リーシャ嬢が久々の大声をあげてのけぞった。


アクトーの主張は過激さを増していった。

レオハルトへの敵意を隠すことなく、この国を亡《ほろ》ぼそうとしているだの、隣国と手を組んでオリオンへ攻めこもうとしているだの、暇さえあれば『部下が極秘に送ってきた情報』とやらをマリウスに語って聞かせる。

そのくせリーシャのことはほとんど知らないようだ。

すんでのところで一線をこえる発言はしないものの、レオハルトをおおやけに処罰したがっているのは明らかだった。

「レオハルト様は国の品位を貶《おとし》め、外患を誘致し、内乱を起こそうとしております――」

口から泡を吹かんばかりの勢いで小説じみた妄想をまくしたてるアクトーに、国王は療養を命じた。実質、謹慎処分である。しかしアクトーはこれを拒絶し、王宮への出仕を強行した。

マリウス派の頭目たるアクトー侯爵が失脚間近であるという噂が流れた。状況はマリウスを追いつめていく。王太子位はレオハルトに移るに違いない、そんな憶測がいたるところで囁かれる。

それらすべての混乱の原因が自分だと思えば、いよいよ王にふさわしい人間などではない。ふたたびマリウスは王宮へこもりがちになった。人に会えば、笑顔の裏にある思惑が気になって仕方がない。きっと心の中では値踏みをされているのだろうと考えるとたまらなかった。

立場など捨てて、リーシャとともに逃げだしてしまいたい。けれどそれを口にすることは大切な人々の信頼を裏切ることになる。

再会したリーシャはなんの成長もない自分に失望するだろうか。嫌われてしまうだろうか。

そうしてただ茫漠《ぼうばく》と日々をすごすマリウスの耳に、ある日、ノックの音が届いた。

広間に人影は少なく、しんとしずまりかえった中心に国王と王妃が立つ。

その顔はおさえきれない緊張にわずかに青ざめていた。まなざしには慈愛と憐憫、そしてほんの少しの不安と恐怖がまざりあう。

真剣な空気を察して使用人たちは壁際へとさがっていった。玉座の据えられた広間は、ハレの日には朗々たる王の声を響かせるけれども、そうでなければ密談を可能にする。

ついにきたのだ、とマリウスは息をのむ。

王太子を退けられ、その位はレオハルトへと譲りわたされるのだろう。

「御用でしょうか、国王陛下」

あえて、父上ではなく、肩書で呼ぶ。覚悟はできているのだと知らせるために。

しかし、国王は口をつぐんだまま。

王妃もまた、そわそわとあたりに視線を走らせる。

その視線が、マリウスの背後にとまった。

来客の名を告げぬまま、広間の大扉がひらかれる軋《きし》みが響く。

不審さにふりむいたマリウスはそこに、いないはずの人々を見た。

「リーシャ……!?　レオハルトも……」

「はい、マリウス様……!!」

はずんだ声が呼びかけに応える。

従者たちを連れて立っていたのは、あと数か月は帰国の叶《かな》わぬはずのレオハルトとリーシャ。よろこびよりも戸惑いが勝ち、マリウスはそれ以上の言葉をつむぐことができなかった。

しかもなぜかリーシャの隣には、隣国の王太子の婚約者が——金の髪に紫の瞳をもつ、小説の中の《悪役令嬢》がいた。

# 第六章 聖女ＶＳ邪竜

マリウス殿はレオハルトとリーシャ嬢を見てから、オレたちの前にいるエリザベスに視線を移した。

「あなたは……？」

ちらりと盗み見るとエリザベスは背筋をのばして目をひらいている……紫色の瞳がマリウス殿によく見えるように。

前列にならぶのはエリザベス、リーシャ嬢、レオハルト。そのうしろに従者たちにまぎれてオレとハロルドが立つ。エリザベスに釘付けになったマリウス殿は従者の身なりをしたオレに気づかない。

「その姿はまるで……」

マリウス殿が呆然《ぼうぜん》と呟いた。

もとはアクトーの差し金で派遣され、現在は教育のすえ改心した従者たち。彼らを通じて送りつけた『乙星』は、きちんとマリウス殿の心をとらえたようだ。

事情を知る国王夫妻も驚いた顔でエリザベスを見ている。迫真の演技……ではなく、これほどに一致した容姿だとは思っていなかったらしい。

リーシャ嬢が訝しむ表情になった。再会をよろこびあうべき場面が、なぜこれほどまでに緊迫した空気に満ちているのか……。周囲に控える使用人たちも困惑の目くばせをかわしあう。

広間の注目は、マリウス殿の視線の先、金の髪と紫の瞳をもつ令嬢——エリザベスへとそそがれる。

エリザベスは、ほほえんだ。

本当ならそこはニヤリと笑うはずなのだが、その顔に浮かんだのは天使の笑顔であった。これはもう何度練習してもだめだったのだ。天使の顔は悪女の笑みは形づくれないようになっているということをオレはエリザベスとの稽古で知った。

案の定、マリウス殿たちは毒気を抜かれた顔になる。

うん、この笑顔をむけられたら、悪意があるなんて思えないよな。だって天使だもん。

しかしエリザベスは——《悪役令嬢》なのだ。

「わたくしは、レオハルト様と婚約し、この王国をのっとることにいたしました!!」

エリザベスが両手をひろげる。

「!?!?」

「そうです、ぼくはエリザベス様にこの王国を捧げる……マリウス兄様には渡しません。邪魔者はすべて消す」

「レオハルト様⁉ エリザベス様も……‼ いったいどうなされたのですか⁉」

エリザベスとは対照的に、うつむきがちに不敵な笑みを浮かべるレオハルト。暗黒微笑効果の陰影で不気味さは増している。

豹変《ひょうへん》した二人にリーシャ嬢が必死に呼びかけるも、答える者はない。オレたちのかたわらに控える従者たちも、ノーデン家での再教育を受け多少のことではたじろがない鋼の表情筋を手にいれている。いまこの場では、ノーリアクションをつらぬきとおすことが忠義なのだ。

「ふふふ、無駄です。レオハルト様の御心はすでにわたくしのもの」

ぐぐ……っ‼ わかっていてもエリザベスの口からこんな台詞がでると精神にクる。

ぎりぎりと歯ぎしりしていると隣のハロルドがそっと手にもったバスケットを押しつけてきた。支えにしろというのだろう。ありがたく寄りかからせてもらうと、籐《とう》で編まれた籠はギシリと音を立てた。

目の前では、オレと同様に国王夫妻が頭をかかえている。

エリザベスの笑顔と台詞のちぐはぐさにレオハルトの暗黒微笑まで浴びて、こちらも精神的に参っているらしい。理解の範疇《はんちゅう》をこえた出来事が連続して起こると、人間のメンタルは摩耗する。

事情を知っている夫妻ですらこれなのだから、リーシャ嬢にくわえマリウス殿も混乱の極みであろう。

「そんな、エリザベス様がこんなことをなさるはずがありません!! なにか、なにか事情が……!!」

リーシャ嬢は懸命に語りかける。ともにすごした日々を思えば当然だ。しかしエリザベスは反応しない。

マリウス殿は呆然とエリザベスを――おそらくはエリザベスの金の巻き毛と紫色の瞳を見つめていたが、その唇から小さな呟きがすべり落ちた。

「アクトーの言ったことは本当だったのか……?」

いまだ、とオレはバスケットの蓋をパタパタいわせて合図をした。

エリザベスがリーシャ嬢を押しのける。マリウス殿へむかって。

よろけたリーシャ嬢を支えようとしてマリウス殿はいっしょになって倒れこんだ。もはや立ちあがる気力すらもなく、尻もちをついたままエリザベスを見上げる二人。

「えぇそうですわ、この国はわたくしがいただきますわ!!」

冷静に考えさせてはいけない。弟の婚約者が悪役令嬢って、よく考えたら『乙星』のシナリオと全然違うぞ？　とか思わせてはいけないのだ。

インパクトのあるシーンを、問答無用に叩きつける。

「いいえ、なにかの間違いで――」

エリザベスはひらいた手をふりかざし、よく通る声で告げた。

「我が呼びかけに応じ、いでよ、《燃え盛る鉄竜《イヴリース》》!!　汝《なんじ》の力を解放せん!!」

『乙星』の第二巻、復讐を誓う公爵令嬢が叫んだのとまったく同じ台詞が広間に響く。

オレはハロルドがもっていたバスケットの蓋をあけた。

中に隠れていたラースが修羅場と化した広間に飛びこんでいく。

魔石にたくわえていた魔力を吸収し、体軀を倍加させながら。

今度こそ、リーシャ嬢の言葉は途切れた。

「ヴォオォオオ……!!」

天井にまで届くほどの巨大な黒竜。その鱗の一つ一つは刃のように鋭く尖り、触れた者を傷つけんとする。口から瘴気を吐き、やがて邪竜は獲物を見つけたとでもいうように双《そう》眸《ぼう》を真紅に光らせた。

さすがに騒ぎを聞きつけた近衛《このえ》兵たちが飛びこんでくるものの、彼らは皆ラースの剣幕に圧《お》されて一瞬の怯《ひる》みを見せる。そこを狙ってオレが金縛りの魔法をかける。傍目《はため》には邪竜の威圧で動けなくなったように見えるだろう。

なにが起きたのかもわからないまま目の前で荒れ狂う邪竜を見せつけられる兵士たちは恐慌状態だ。すまん。

ハッと我にかえった顔つきになった国王夫妻が、依頼していた台詞を口にする。

「あの者は、邪竜の瘴気にとらわれてしまったのだ！　レオハルトもだ！」

「邪竜に対抗できるのは聖なる魔法だけ……！」

「聖なる魔法……!?」

リーシャ嬢が己の両手を見た。よし、いいぞ。あともうひと押し。

「レオハルト様のため、邪魔者は始末いたします！」

エリザベスの声にラースがじろりとマリウス殿を睨む。

恐怖の視線を集めながら、黒い身体が灼《や》けた鉄のごとく紅く染まってゆく。

「ラ……《燃え盛る鉄竜《イヴリース》》!!　やっておしまいっ!!」

「ギュアアアアァァァァ……!!」

ラースの咆哮《ほうこう》がシャンデリアをふるわせた、その瞬間。

「光よ、壁《フリッカ・ライト》となれッ!!」

リーシャ嬢の清廉なる詠唱とともに、広間を聖なる光がつつみこんだ。

「これは……!!」

マリウス殿が大きく目を見ひらく。彼の周囲にはいま、あたたかな守護の光を放つ結界が形成されていた。

リーシャ嬢の【聖なる壁】である。結界の範囲は以前よりもはるかにひろく、光は安定して、マリウス殿から数歩離れた場所で腰を抜かしている国王夫妻をもつつみこんでいる。

ラースの視線がささささっと動いた。リーシャ嬢とその背後に守られた三人は結界の中にはいっているし、使用人や兵士たちも広間の隅で釘付けになった。

よし、危険はない。

「ギュオォォオオン!!!」

軋むような雄叫びをあげるラース。高低いりまじった金属じみた不協和音に広間の壁は揺れ、耳が痛む。

牙の連なる口の中で魔力が渦を巻く。

攻撃の予兆にリーシャ嬢は歯を食いしばると両手に力をこめた。

――ボッ。

ラースの口から火焔《かえん》球が放たれる。

余計なものを燃やさず、万が一どこかに当たったとしても焦げる程度ですむ大きさで、リーシャ嬢の壁の力をこえてはまずいので小出しに。

ボッ、ボッ、ボッと、食べやすくちぎったパンを与えるように、順序よく吐きだされては火焔は【聖なる壁】に吸収されていく。

とはいえ、巨大な邪竜のけたたましい鳴き声で麻痺《まひ》した頭に火焔球がすぐそばまで迫る光景を叩きこまれるのだ。壁の中の人間からしてみれば生きた心地はしない。マリウス殿は顔面蒼白で震えている。

慎重に一〇発ほどの火焔を発射し、ラースは小休止にはいった。はぁ、と心なしか肩が落ちている。緊張していたらしい。

すぐさまエリザベスがあとをひきとった。

「聖女の力が邪魔ですわね……!! けれど、次の攻撃ならどうかしら⁉」

これも『乙星』の台詞だ。

ラースが全身から瘴気を噴きだし、禍々しい魔力をみなぎらせていく……と見せかけての、時間稼ぎ。

「聖女の、力……？」

マリウス殿はエリザベスの言葉をくりかえすと、リーシャ嬢を見た。自分とその両親を守るため、邪竜の攻撃に真正面から立ちむかい、奇跡の力を発揮している想い人だ。

邪竜を睨み据える視線は力強く、肩幅にひらいた足はしっかりと床を踏みしめていた。令嬢らしからぬふるまいを咎める者は誰もいない。

「そうです。リーシャがマリウス兄様にふさわしくあるために身につけた力ですよ。しかし兄様にはここで……死んで、いただく……のだから……無意味な力です！」

レオハルトが嘲笑を浮かべつつ肯定する。

うん、途中でちょっとテンションさがってたな。考えるだけでもつらかったんだな。がんばったなレオハルト……。

あ、マリウス殿がリーシャ嬢を見た途端にものすごいしょんぼりした顔になった。諦めろ、恋する男の視野は狭い。

「リーシャ……そうだったのか……」

残念ながら傷心の弟・レオハルトには気づかず、マリウス殿はよろめきつつも立ちあがる。

「君は、本当に《星の乙女》になったのだな」

マリウス殿が言った。その声色は弱々しく、青い瞳には孤独が沈む。

しかしリーシャ嬢は、はっきりと首をふった。

「いいえ、違います」

マリウス殿が瞠目《どうもく》する。

「私は物語の主人公ではありませんし、エリザベス様だって《悪役令嬢》などではありません。それに、マリウス様も」

リーシャ嬢はラースに目を配りながらも、背後へ小さく視線を送った。

「マリウス様は、マリウス様です。小説の王太子様とは違います。私は、出会ったときの……やさしくて、私のような者の話を真剣に聞いてくださる、そんなマリウス様のことを好きになったのですから」

「……!!」

「やっと、お伝えすることができました」

リーシャ嬢は視線を伏せた。

彼女だって、すべてのことに対して常に前向きな考えをもっているわけではない。最初はレオハルトに脅されて、おっかなびっくりついてきただけの、なにも知らない小娘だった。

しかし彼女は変わった。

「ご安心ください。マリウス様は、私が守ります!」

ふんっと鼻を鳴らして腕まくりをするリーシャ嬢。

その態度は、たしかに貴族令嬢としてはふさわしくなかろう。しかしこの場の誰もが、力強いメッセージを受けとった。

王に必要なのは形式ばった尊大な態度ではない。

自分の足で立ち、国を、そこに生きる人々を守ること。そのために必要な力をたくわえた者が王なのだ。

——と、『乙星』の第二巻で王太子が言っていた。

マリウス殿は読んだろうかと考えつつ視線をむけ、オレはすぐに答えを知った。

その表情は一転して雄々しく、青い瞳には強い意志が宿る。

芯のかよった、王たる者の目だった。

「マリウス兄様……!!」

一瞬で悲しみを払拭し、レオハルトは目を輝かせた。

それはそれは嬉しそうに、暗黒成分の抜けた、心から兄を慕う弟のよろこびの顔で。コラッ!!　演技が!!　バレるだろうが!!

しかしレオハルトの笑顔には気づかず、マリウス殿はリーシャ嬢によりそうと、魔力を放出する手に自らの手を重ねて握った。

マリウス殿の手からも魔力があふれだす。

驚きにふりかえるリーシャ嬢を、青い目がしかと見つめる。ドンマイ、レオハルト。

「わたしは……わたしはバカだった。君がどんどん離れていくような気がしていたんだ。リーシャはいつもわたしのことを考えてくれていたのに」

「マリウス様……!!」

「今度こそ君の愛に気づいた。わたしも君を守りたい。いっしょに戦わせてくれ」

「もちろんです!!」

リーシャ嬢は涙ぐみながら大きくかぶりをふった。【聖なる壁】が厚みを増す。

完全な脇役として気配を消しつつ、成長したな、とオレは心の中で祝福を贈った。

はじめて会ったころの場違い感満載のリーシャ嬢のままであったら、こうしてマリウス殿とならび立つことすらできなかったろう。学問、魔法、礼儀のすべてを、完璧とは言い難くとも自分の身と成したからこそ彼女はマリウス殿を守るだけの自信を得た。

それはこれからの人生でも同じ。王妃として生きていく彼女と、その隣で王としての重責を負うマリウス殿の双方を支える柱になるはずだ。

ついでに、愛の力は魔力に通ずるというラファエルの暗示も功を奏した。

おそらくいまここにいる者の中でもっとも不運な国王夫妻も手を握りあって立ちあがる。

場面は感動のフィナーレである。

「グス……ッ、こしゃくな……!! ゆきなさいっ、《燃え盛る鉄竜《イヴリース》》!!」

「ギャオオオォォォンンンッッ」

いっしょになって感動していたらしいエリザベスが、さりげなく涙をぬぐいつつ腕をふりあげる。それを合図にラースが一歩前へ踏みだした。ズシン、と広間が揺れる。

ふたたび火球がほとばしる。先ほどより幅を増した、冷たく紫に燃える異形の炎。

炎は【聖なる壁】をつつみこむ。

けれども、燃やしつくすことはできなかった。できてしまったら一大事だ。

やがて火は消える。そのむこうには、よりそうマリウス殿とリーシャ嬢。

「私の愛《ラブ》は矢のように《ィズ》貴方に降りそそぐ《アロー》!!」

力強いかけ声とともに、無数の光の矢が放たれた。

矢は邪竜めがけていっせいに、文字どおり降りそそぐ。まるで星々が流れゆくかのようなまばゆいばかりの聖なる輝き。その場にいた誰もが一瞬視界を失った。

「ガァァアァァァ……!!」

「ラース様……!!」

目を細めて確認すれば、瘴気のかたまりを噴きあげながらうなり声をあげるラースの姿。

エリザベスが心配そうに駆けよる。

ラファエルの言うには、光の矢を受けてもラースにもエリザベスにも影響はないとのことだったが。

矢から身をかばうように翼をとじて背を丸めたラースは、バランスをくずしてたたらを踏んだ。

邪竜の巨体がぐらりとかたむく。

「倒れるぞ……!!」

ラースにふれようとするエリザベスの腕をひいて抱きしめ、オレは次にくるであろう衝撃に身構えた。

「大丈夫だ、ぼくが守る、エリザベス……!!」

「ヴィンセント殿下……!!」

——が、予想していたような震動はなく。

ラースの身体は瘴気を噴きだした分だけしぼんでゆき、ふらふらと揺れながら小さくなって黒煙の中に隠れた。

……なるほど、邪竜の魔力はリーシャ嬢の聖なる魔力に相殺され、元のサイズに戻ると

いうことか。

「きゅあぁっ」

以前と同じ、女子ウケを狙ったかわいらしい小竜の鳴き声が聞こえる。

やがて晴れた煙の中から現れたのは——、

「きゅるるるるん？」

「……ラース様？」

「きゅあっ！　きゅあぁっ！」

オレの腕の中のエリザベスをみとめ、翼と口を大きくひろげて威嚇する姿はまさにラースだ。目もチカチカと青く点滅している。

……そう、紅くではなく、青く。

現れた竜は、形はラースのまま色合いが一変していた。

漆黒の竜鱗は純白へ。虹彩は青へ。おまけに額から背中にかけて、金の装飾らしき文様が刻まれている。

これは……。

「聖竜……？」

呟いたのはレオハルトだった。その一言で、オレの脳裏をよぎった単語が思いこみではなかったことを知る。

リーシャ嬢にはマジマジのマジで聖女の才があったようだ。まさか邪竜を聖竜に清め祓うとは……。

誰もが事態についていけず、無言だ。いや、ハロルドだけはバスケットの蓋をぱかっとあけてラースがはいれる大きさに戻ったことを確認していたが、とはいえ無言だった。

光の矢の余波で金縛りが解除されたらしい兵士たちも、やはりなにも言えずに呆然とつっ立っている。

そんな状況で、最初にこの騒動の目的を思いだしたのはエリザベスだった。

すっくと立ちあがり背筋をのばすと、手をとりあうマリウス殿とリーシャ嬢にむかってほほえむ。

「お見事です、リーシャ様、そしてマリウス様」

「エリザベス様！　邪竜の呪いが解けて……？」

「いえ、もとから呪いはありません。これまでのことはすべて芝居です」

「芝居!?」

「騙《だま》すような真似をいたしました」

優雅に膝を折り、姿勢を低くするエリザベス。その態度にリーシャ嬢はあわてて首をふった。

背後では国王夫妻が「終わって本当によかった……」という顔をしている。

ここからがオレの出番だ。

ローブを脱ぎ捨て、エリザベスの隣にならぶ。床に落ちたローブを拾い、たたんでから、ハロルドもまたローブを脱いだ。あとで行儀が悪いと叱られるなこれは。

「ヴィンセント殿……⁉　それに……そちらはもしや、ハロルド殿か」

対面したことのあるマリウス殿はすぐに気づいた。

「そうです。マリウス殿にリーシャ嬢の力を認めていただくため、芝居を打ちました。怖い思いをさせて申し訳ない」

驚きの声をあげるマリウス殿と、その背後の国王夫妻に詫びを言う。レオハルトの要請と国王夫妻の許可があってこその仕掛けではあるが、恐怖を与えたことだけは詫びておかねばならないだろう。想像以上のまきぞえをくらった国王夫妻にはとくに。

しかしさすがにそこは一国をあずかる立場といおうか。夫妻は、血の気の戻ってきた顔でにこりと笑った。

「お見事でした。予想外の楽しいお芝居だった」

「すっかり信じこんで、面白い夢を見てしまいましたわ」

心の中で安堵の息をつく。つまり、不問に付してくれるというわけだ。

マリウス殿もようやく口元をゆるめてリーシャ嬢を見た。リーシャ嬢は堂々と視線を受けとめ、とろけるような笑顔をかえす。

「そうだな。夢のようだ。リーシャがいて、わたしを守ろうとしてくれた。わたしは大切なことを知った。誰かを心から想う気持ちを。……ついに、自分を変えることができた気がするんだ」

「あぁ、そのとおりだ、マリウス殿。人は変わることができる。愛する人はその力をくれる。ぼくがエリザベスと出会っ」

「マリウス兄様。ぼくは兄様を推したいしております。次の王は兄様以外にありえません」

未来の国王夫妻にかしずくように。

レオハルトはオレのいい話をぶったぎると腰を折り、うやうやしく礼をした。……お慕いしておりますのニュアンスが違う気がするがつっこまないでおいてやろう。

ふっきれた顔つきのマリウス殿は、たしかにレオハルトが胸を焦がしていたとおりの人物だった。ひろびろとした青空のような目はまっすぐと正面を見据え、迷いはない。けれども弱き者を思いやる慈悲の心にあふれている。オレやレオハルトには天地がひっくりかえってもできない、いうなれば真人間の目だ。ハロルド、オレと見比べるんじゃない。オレにだっていいところはあるんだ。

「ありがとう、レオハルト。そしてすまなかった。弟が何度も励ましてくれていたのに、わたしは自分のことしか見えていなかったようだ」

「いいえ、マリウス兄様……」

「これからは皆のために働くと誓おう」

マリウス殿の正面でレオハルトが、隣でリーシャ嬢が涙ぐんでいる。エリザベスも顔を上気させて大きくうなずいていた。

大団円のムードと先ほどの国王夫妻の言葉に、兵士たちもほっとした顔で武器をおろした。自分たちがこの先に仕えるべき主《あるじ》が決まったというのは、彼らにとっても嬉しいことだろう。不安げな表情をしている者がなく安堵の比重が大きいことは、マリウス殿の人徳と言える。皆、心の中ではマリウス殿を慕っていたのだ。

ほうっとリーシャ嬢が息をついた。

これで一件落着――に見える。

が、劇はあともう一幕。

「国王陛下!! 王太子殿下!! 無事でござりまするか!!!」

バターン、と大きな物音を立てて、息を切らしながら飛びこんできた太った男。華美な装飾に満ちた服装とは裏腹に、目は落ちくぼみ凶相といえる顔つき。この者がアクトー卿《きょう》だろう。

アクトーは広間を見まわすと、エリザベスとラース（白）に目をとめた。ゆるみつつあった空気に反してアクトーの顔はひきつる。

「こ、こ、これは、……やはりレオハルト様が、マリウス殿下を――」

「そこまでだ、アクトー卿」

その先は言ってはならぬ、と。

ほのかな怒りをたたえながら、マリウス殿の制止が耳を打った。

「ぼくが、なにか？　アクトー卿」

「……い、いえ……」

レオハルトが前に進みでると、アクトーは目を伏せて言葉を濁した。さすがにこの状況でレオハルトをあげつらうのが愚行だというのはわかるのだろう。

代わりにラースを指さすと、エリザベスを睨みつけながら大袈裟なくらいに眉をつりあげた。

「なんと、これはドラゴンではありませぬか！　こんな危険なものをいったい誰が――」

「アクトー殿」

「ヴィンセント殿下」

「アクトー様」

なにエリザベスにガン飛ばしてくれてんだあぁん？　の勢いで前へでようとしたオレを押しとめるハロルドを制してエリザベスが一歩進みでた。

にこりとほほえむエリザベス。

天使の笑顔にアクトーは一瞬、毒気を抜かれた顔つきになる。

そこに、たたみかけるように堂々と。アドリブかつ想定外の台詞を、エリザベスは言い放った。

「これは、我が家のネコですわ」

「ネコだと……⁉」

「ぬ、にゅきゅーん」

エリザベスの無茶ぶりっぷりにビビる。ラースはそれ以上だったに違いない。口をひんまがらせてものすごーく苦しそうにネコの鳴き真似をした。

契約を結んだ以上は主人の命令は絶対。エリザベスが白と言うならカラスも白、お前はネコと言うならネコにならねばならない。ご褒美……いや、哀れ、ラースよ。

「そうです。ご覧ください。喉を撫でると気持ちよさそうにゴロゴロ言うのです」

「グ……グォロロロロロロ」

まって。まってエリザベス。ゴロゴロ言うために気合いれてるラースの目がチカチカ光っちゃってる。必死な姿は白竜に危険がないことを証明してはいるが。

あまりにもまぶしすぎるまっすぐな信頼に応えようとするラースが不憫で、あとエリザベスにふれられているのが許せなくて、オレはパチンと指を鳴らした。ハロルドが背後をふりむく。

「申しあげよ」

前に進みでたのは、レオハルトを手にかけようとした男だ。

「おそれながら……！　そこなるアクトー侯爵は、レオハルト様の暗殺を我々に指示しました！　国王陛下の勅命と偽っての詐言でありました！」

そうだそうだとほかの者たちも気炎をあげる。彼らにとってみればもはや叛逆の徒はアクトーのほうだ。怒号は広間に反響し、周囲の兵士や使用人たちのあいだにもざわめきが走る。アクトーは表情をこわばらせた。

「お、お前たち⁉　まさか、わしを裏切って……⁉　公爵令嬢とレオハルト様がつながっていると言ったのは、お前たちではないか！」

「アクトー、おぬし……！」

怒りに顔を赤くするアクトーとは対照的に、国王は青ざめた顔で唇をふるわせる。

国に功労を残す古き家柄であるからとしてきた目こぼしが、ついに限界をこえたのだ。

「衛兵！　アクトー侯爵を捕らえよ。牢へいれて、不審な動きがないか見張れ」

「はっ‼」

想定外の非常事態を迎え、衛兵たちも表情をかたくして走りよってくる。

武器をもった相手にアクトーは悔しげに唇を噛みしめ――と思えば、分厚い唇が、にたりと歪んだ笑みをつくった。

「⁉」

「ククク……こうなってはもはや……わしの真の力を解放せねばなるまい……!!!」

「それは……!!」

服の裾からとりだされたのは、黒っぽい物体と、いくつかの魔石。それらをひとまとめに握りしめたアクトーは怪しげな呪文を唱えはじめる。

魔石が輝いた。磨かれた床に、どこかで見た魔法陣が出現する――まじか。

「あれは、ラースの……邪竜の黒鱗じゃないか」

「ラース様の？」

邪竜という単語にふたたび広間が緊張する。

「太古に喪《うしな》われし、悪の化身よ！　いまここに顕現し給《たま》え――!!」

邪竜の鱗から瘴気が噴きあがり、魔法陣と反応する。魔石をとりこんだ鱗はみるまに黒く蠢《うごめ》く触手をのばし、アクトーに絡みついた。

「ふふふ……!!　本物の邪竜の召喚だ……!!　そこにいるチンケな偽物とは違ってな!!」

「きゅお？」

瘴気に蝕まれながら邪悪な笑みを浮かべるアクトー。首をかしげるラース。

そうか、ラースが聖竜化してからやってきたうえにネコだと言われたから、その鱗の主がラースだとわかっていないのか。

目の前で人の形を失っていくアクトーへむかって兵士たちが決死の攻撃をしかけようと

するのを、オレは手をあげて制した。

その必要はない。

「……やれ、聖竜ラース」

「きゅおっ」

「私も助太刀いたしますっ!! 国を守るのは、聖女の役目っ!」

馬鹿にされたことはわかったらしいラースが尻尾をぴんと立てる。

リーシャ嬢もやる気満々に邪竜アクトーへと立ちむかう——。

…………。

結論から言おう。

当然のごとく、瞬殺であった。

冷静に考えて、ポッと出の新米邪竜VS聖竜&聖女のタッグでは力量が違いすぎた。

いや一つリーシャ嬢の名誉のためにつけくわえておくと、アクトーは死にはしなかった。

むしろ邪竜への変化途中に聖なる光を浴びたことにより、瘴気は肉体に浸透する前に浄化され、人の姿に戻ることができた。

それがどれほど幸せなことか、衛兵にひきたてられていったアクトーは一生気づくまいが……。

オリオン王国は皆に認められた後継者とその伴侶を同時に得、内患は去った。これで本当の一件落着だ。

レオハルトへ視線をやれば、よりそうマリウス殿とリーシャ嬢を笑顔で見つめている。だが同じような二面性をもつオレには、それがつくられた笑顔だというのがよくよくわかった。

いままでマリウス殿の隣にならぶのは弟であるレオハルトだった。しかし今後その立場は王太子妃になるリーシャ嬢に譲られる。

自ら引き金をひいたとはいえ、複雑なのだろう。

オレだってそのほうがエリザベスの幸せになると思えば身をひくことくらいはできるが……いやできるかな。できないかな。考えるだけで胸が苦しい。

その点だけは天晴《あっぱれ》なり、レオハルト……。

——と思ったけど。そもそもなぜアクトーがラースの黒鱗をもっていたのか、あとで確かめる必要がある。

「さて、ラース様。戻りましょう」

エリザベスにうながされ、ラースはハロルドのもつバスケットへと収まった。中でうまいこと反転して頭をだす仕草は本物のネコのよう。

「神殿でも建ててやるから聖白竜《セイント・ドラゴン》として一生祀《まつ》られててくれないかなぁ……」

ぼそりと呟くと、バスケットの中のラースがシャーッと牙を剝いた。

# 第七章 第二王子の帰国

レオハルトのもちこんだ事件をなんとか解決の体にもっていってから、半月。

マリウス殿とリーシャ嬢は正式に婚約を発表した。黒髪の聖女、しかも男爵令嬢。『乙星』の第二巻が浸透していたオリオン王国で、国民からリーシャ嬢への支持は絶大だったという。

ラ・モンリーヴル公爵家は「もし必要があるならば我が家の養女に迎えても……」という一筆をいれてくれたらしいが、もとより国王夫妻に反対のあるわけもなく、マリウスが選んだ相手なのだからと身分の差はあっさり不問にされた。

心配されていたレオハルト派の貴族たちも、マリウス殿と聖女リーシャ嬢が丁寧に国の今後について説いてまわったそうで、それならばとすんなり受けいれたらしい。もうネコをかぶる必要のなくなったレオハルトが本性を剥きだしにしたのでは……と不安になったが、隣国のことだ。内政不干渉としておこう。

市井では、マリウス殿に反旗を翻そうとした悪徳貴族が邪竜を呼んだだの、マリウス殿が姿を見せなかったのはそいつによる『呪い』のせいだの、リーシャ嬢が聖なる力で祓い清めてマリウス殿の『呪い』を解いただの、まことしやかな噂が流れた。

マリウス殿は光の聖女の加護を受けたのだからこの国は安泰だとも言われているとか。

あの二人の国政ならおかしな方向へはいくまいから、国民たちの期待は現実のものとなるだろう。

それはいい。

「――で、なんでお前がここにいるんだ」

なぜかふたたび目の前に姿を現したレオハルトへ、オレは冷たい視線をむけた。

夕食の席に呼ばれ食堂へきてみれば、父上と母上の隣にオリオンで別れたはずのレオハルトが立っていたのである。

レオハルトは無邪気なつくり笑いを浮かべてにこにこと首をかしげている。

「やだなぁ、留学は一年間の予定だったろ？　急に生徒が二人も減っては王立アカデミアの予定も狂うだろうから……」

「素直に『花嫁修業で王宮に泊まりこんでいるリーシャ嬢がマリウス殿とラブラブなのを見るのがつらい』と言え」

指摘すれば、一瞬レオハルトの目は虚《うつ》ろに宙をさまよった。瞳から完全に光が抜けおちて底の見えない闇になる。

「そんな言い方をするでない、ヴィンセント」

「そうですよ。国のために人知れず活躍した王子を思いやろうという気持ちはないのですか」

それを言うなら、オレは隣国のために人知れず活躍した自国の王太子なのですが……。

レオハルトの『手土産』に買収された父上と母上は我儘をすっかりのんでしまった。

『手土産』はラースに命令を下すエリザベスを描いた絵画である。ラースは巨大化しつつも聖竜としてえがかれ、エリザベスはさながら天の御使いのごとき神々しい光につつまれていた。悔しいが傑作だ。

おまけにその絵画には、「エリたんの雄姿を見たかったのに連れていってくれなかった……」と拗《す》ねまくった両親をなだめる効果もあった。許可を得たとはいえ王太子やその婚約者が隣国の王太子に邪竜をけしかける、それだけでもギリギリアウトよりのグレーだ。国王と王妃を連れていけるわけないだろ、と言ってはいけない。そういう理屈を理解したうえでの恨み言なのである。

オレだって、エリザベスの晴れ舞台においていかれたらたぶん一〇年は恨みを呟きつづける。

「それにしてもエリザベス様はすばらしいお方ですね。マリウス兄様のように美しく、マリウス兄様のようにやさしく、マリウス兄様のようにわけへだてなく、マリウス兄様のように純真で……」

虚ろな目から復活したレオハルトはほうっと恍惚《こうこつ》の表情を浮かべている。

「それ以上兄様《アニ・オア・ノット》か否かの美的センスでエリザベスを褒めるな」

「君はいいよな、エリザベス様と結婚できるのだから」

「そうじゃな……あまり贅沢を言うでない」

「恵まれた者は知らずのうちに驕《おご》るといいますから、我が身を常にふりかえるのですよ」

グラスにつがれたブドウジュースをかかげながらレオハルトがため息をつくのに、またもや二人が賛同する。父上、母上、エリザベスと結婚したいんですか?

というか、この流れだと、レオハルトがエリザベスと結婚したいように聞こえるのだが。

オレはだんだんと居場所がなくなっていく予感にとらわれた。とにもかくにもこの三人、モンペ気質が似通いすぎている。

ふと、以前見た夢がよみがえる。

父上から婚約破棄を宣告され、エリザベスを奪われる夢。一時はレオハルトが新しい婚約者候補ではないかと疑い、戦々恐々としたものだが。

まさか……。

つう、と背筋を冷たい汗がつたう。

それとは反対に、レオハルトはあふれるばかりの笑顔を父上にむけた。

「どうでしょう、婿入りもやぶさかではありませんよ。このぼくにエリザベス様を――」

「本気でエリザベス嬢を狙うなら即刻この国からでていってもらう」

瞬間、父上の鋭い視線がレオハルトの笑顔を凍りつかせた。

細められたまぶたの奥には、本物の殺気と見間違えそうなほどの重たい闇が宿る。レオハルトの暗黒微笑も目ではない。

「それは手厳しい……」

すごい、あの鉄面皮が、傍目にもわかるほどひきつっている。

さすがに実の子は大切にしてくれるか——。

「エリザベス嬢とヴィンセントが結婚せねば、わしらの孫が生まれんからな」

あ、そうですよね。

母上も隣でうなずいている。素直に受けとれば「ワイズワース家の血統に連なる跡継ぎが欲しい」という意味だが、そうではないことは察せられた。

だんだんオレの存在意義ってなんなんだろう？　という気持ちになってきた。よし、考えても仕方がないのできりかえていこう。

表面上は何事もなかったかのようにレオハルトは食事を再開した。しかしまだ父上の眼光の効果は残っているらしく、口数は少ない。

おそらく心の中では、「この人たちの息子になるのは無理だな」と思っているに違いない。一七年も実の息子をやっているオレのすごさがわかったか。

まだまだ修行が足りないな。

大時計の針が正午を指す。祝福をそそぐように聖堂の鐘がリンゴンリンゴンと鳴り響いた。オレは一時間前からそわそわとしつづけていた精神に活をいれ、背筋をのばす。

応接間の扉がひらき、侍女たちに案内されてエリザベスが入室する。

「ごきげんよう、ヴィンセント殿下、レオハルト様」

「会えて嬉しいよ、エリザベス」

「ぼくもです、エリザベス様」

優雅に膝を折り、婚約者の呼んだ名は二つ。

オレの言葉に応えるように挨拶を重ねてきたのは、レオハルト。おまけにエリザベスの背後からラースがひょっこりと顔をだす。

エリザベスがハロルドにも会釈しているうちにオレはラースをはがいじめにし、ひき剝がした。

今日はひと月ぶりのエリザベスとの逢瀬である。オリオン国から戻り、あれこれと事後処理をしているうちに手間をとられたが、また以前のように王宮を訪ねてくれないか……と決死の覚悟で告げた誘いにエリザベスはすぐに諾をくれた。

これまでは芝居の練習を隠すための建前であった。マリウス殿とリーシャ嬢の仲をとりもったいまではその必要はない。

これで名実ともに王宮デートができる……!!

オレはよろこんだ。一度だけ実現した、夢の王宮デート。あの愛の一幕をふたたび。いや、今度はさらに一歩踏みこんで、エリザベスをメロメロにしたい。

しかしそんな望みは、早々に打ち砕かれた。

あたりまえのような顔でオレにくっついてくるレオハルト、あたりまえのような顔でエリザベスにくっついてくるラース。隣国の王子と聖竜とあっては衛兵に追いだせと命令するわけにもいかない。

結果、お邪魔虫二匹をくっつけてのデートとなる。

内心で滂沱の涙を流しているオレをさしおいてレオハルトはさっさとエリザベスの正面へ立ち、世間話をはじめた。

すぐにラースもオレの腕から抜けだし、床へ着地する。そのまま、ととと、と軽やかな足どりでエリザベスのそばへ近寄ったラースは、ふくらんだスカートの裾に額をすりつけた。

「にゃ〜〜〜ん」

尖った嘴《くちばし》から牙をのぞかせつつでてきた鳴き声は、まるでネコのよう。

……お前、女子ウケ狙いまくった「きゅあぁっ」とかいう鳴き声はどうしたんだ。

ぽかんと口をあけたオレの目の前でラースは床に寝そべって腹を見せると、ゴロゴロゴロゴロ……と喉を鳴らす。

「おまちください、ラース様。いまレオハルト様とお話をしておりますので……」

困ったように言いつつエリザベスはラースにむかって手をおろす。ラースは立ちあがると首をのばし、さしだされた手のひらに頭を押しつけた。レオハルトと談笑しつつラースの角の裏を掻《か》いてやるエリザベス。

まて、なんだその手慣れた感じの撫でられ方は……このひと月で、いったいなにがあったんだ。まさかオレはすさまじいおくれをとっているのか？

ラースは「にゃ〜〜ん」と「ゴロゴロ……」を交互に発しつつエリザベスに媚びを売りまくる。

ラースをネコだと言いはったのは邪竜召喚が芝居であることを押しとおすためだったが。本当にネコになるとは……エリザベスのこの、餡だけで周囲の人間がスキルを獲得していく徳性はなんなんだろうな。

呆然と見ているしかできないオレの前で、レオハルトがエリザベスの手をとろうとし、ラースに「シャーッ」と威嚇された。

「エリザベス様、ぼくはしばらくこの国で暮らそうかと思うのです。貴女のそばでは学ぶことも多い。リーシャがエリザベス様のお力で自信を手にいれたように――」

「そうです、リーシャ様！　わたくしもお手紙をいただいたのです。ご実家の名産だと、たくさんのかぼちゃも！」

隙あらば好感度をあげようとするレオハルトの企みには気づかず、エリザベスはぱぁっと顔を輝かせた。

「マリウス様とリーシャ様がご婚約なさったそうですね。おめでとうございます。レオハルト様が帰国されるのにあわせて婚約披露の儀をなさるとか」

エリザベスの言葉に、ビシ、と音が聞こえるほどにレオハルトが硬直する。

そうか、エリザベスのところにもリーシャ嬢から報《しら》せがきていたのか。世話になった隣国の公爵家、おまけにゆくゆくは王妃同士の交際もせねばならぬから詳細を伝えるのは当然だ。

ちなみに本当のことをいえば「レオハルトの帰国にあわせて婚約披露の儀をする」のではなく「出席を嫌がったレオハルトが留学を名目に隣国《ウチ》に家出中で婚約披露の儀ができない」のであり、よってこの話題はレオハルトの地雷だったりする。

どうしても帰りたくないらしいレオハルトはすでに我が国の王立アカデミアで二回生への進学を希望しており、国王夫妻の頭を悩ませているようだ。

盗み見ればレオハルトの視線は宙をさまよい、笑顔はひきつっていた。

最強の天然防御を展開したエリザベスは不思議そうに首をかしげる。あれだけマリウス殿とリーシャ嬢をくっつけるために尽力したレオハルトが、まさか二人を祝福できないなんて思ってもみない顔。

そこにいつぞやのオレの姿を認め、目をとじる。中途半端な口説き文句で玉砕していた日々。エリザベスの防御は最大の攻撃である。

ラースも胡乱《うろん》な視線でレオハルトを見上げていた。うん、お前も天然防御で撃墜された過去をもつものな。守護竜《ペット》という立場は、エリザベス命で生きていくならなかなかいい判断だとオレも思うぞ。

「もちろんオレとエリザベスも出席させてもらう」

ほうっておくと埒《らち》があかないので口を挟む。

レオハルトはちらりとオレを見た。それから、エリザベスを。

その微妙な視線でオレは察した。

なんとも都合のいい話だ。レオハルトは、エリザベスに許してほしいのだ。今回のことをすべて。

そうすればマリウス殿にも受けいれてもらえるような気がするのだろう。二人はとてもよく似たまっすぐな性格をしているから。

しかしエリザベスにとっては許すとか許さないとかいう問題ではない。だって最初から怒りなど感じていないし、最初からレオハルトのことなど意識もしていない。

……それもまたマリウス殿と同じである。

「言わなきゃわからないぞ、大事なことは」

生きている世界が違う人間には、とくに。

「わかってるよ」

覚悟を決めたのか、レオハルトは口をひらいた。

「エリザベス様。……エリザベス様も知ってのとおり、ぼくは性格が悪いのです。マリウス兄様や、ほかの人たちの前では完璧を演じていますが……それは本当のぼくではないのです」

レオハルトからの突然の内心の吐露に、エリザベスは驚きをにじませた表情で目を瞬かせた。

「リーシャはあのとおり明るい性格ですから、ぼくよりも兄様にふさわしいでしょう。こんな裏のあるぼくは、兄様にはふさわしくないでしょう。きっと兄様はぼくの本性に失望する……そんなことを考えて、リーシャに嫉妬してしまうのです」

眉を寄せ、どこか苦しそうな顔で語るレオハルト。

ラースが視線を投げかけてくる。オレはとめなかった。エリザベスの前に外面だけでなく内面まで完璧な人間が現れたら、オレだって同じ不安をかかえるに違いないからだ。

これまで目を逸らしつづけてきた不安に、レオハルトは立ちむかおうとしている。

エリザベスの力を借りて。

レオハルトを慰められるのは、心の清らかな人間の言葉のみ。

そう視線でラースに告げると、ラースも得心したようだった。尻尾を丸めてうずくまる。

「ぼくは、マリウス兄様にふさわしい人間になりたかった……」

「レオハルト様……そうだったのですね」

こじらせた兄最愛弟《ブラコン》の悲痛な胸のうちを聞き、エリザベスは深くうなずきつつ、けれどもにこりと笑った。

「レオハルト様はすでに、マリウス殿下にふさわしい立派なお方ですわ」

視線をあわせるように顔をのぞきこむエリザベスに、レオハルトは顔をそむけるそぶりをみせたものの、そっとエリザベスを見た。

疑いの目をむけられても、天使の笑顔は自信に満ちあふれてゆるがない。

「そんなことは――」

「本心がどうであれ、レオハルト様はご自身がもっともよいと思うふるまいをされているのでしょう？　ならおもてむきの姿だったとしても、本当のレオハルト様です。なぜならその判断こそが、レオハルト様のお心なのですから」

「そうで、しょうか……」

レオハルトはしおらしい声で応える。

感銘を受けているようだ。……オレもそうだ。

人は誰しも、隠している性格のほうを本物の自分だと考えるものだ。オレだって、エリザベスがいなければこんなふうにはふるまわなかった。だから素のオレは性格が悪いと自覚している。

しかしエリザベスは、上辺のレオハルトも本当のレオハルトだ言う。ということは、上辺のオレもまた本当のオレだということだ。

「なんて……そう自分に言い聞かせないと、わたくしもときどき自信をなくすのですわ」

黙ってしまったレオハルトにむかい、そう言ってエリザベスははにかんだ笑みを浮かべた。

「わたくしも家ではだらけてしまいますもの。我儘を言ったり、お菓子を食べすぎたり」

「えっそんなことがあるのか」

つい口を挟むと、エリザベスはこちらをふりむいて眉をさげた。

「ございますわ。ヴィンセント殿下にはわからないかもしれませんが、人はいつでも完璧というわけにはいられないものなのですよ」

いや、よーくわかるが。

言葉の裏からエリザベスの並々ならぬ評価の高さが読みとれ……信頼がまぶしすぎて眩暈《めまい》がする。ふと見るとラースが目を灰色に濁らせながら口から魔力を吐いていた。キラキラと輝く吐瀉物《としゃぶつ》が床に落下し、七色に光る魔石を生みだす。そんな生産性の高い否定の仕方あるか？

しかしラースの暴挙によって現実にひき戻されたオレとは違い、レオハルトはまだ沈黙の底にひたっている。

レオハルトにとって、エリザベスの言葉はマリウス殿の言葉と同じ。

そのエリザベスが、レオハルトの裏の性格を受けいれるならば。

希望の光を得かけたレオハルトの背中を押すように、エリザベスはふたたびほほえんだ。

「マリウス殿下を想われるレオハルト様の気持ちは本物ですわ。そのことをマリウス殿下もよく知っておられます」

「……」

見ひらかれたレオハルトの瞳に清流のごとき光が宿る。

それは徐々に輝きを増し——まばたきののち、唇はたおやかな弧をえがいた。

レオハルトの、心底からの笑顔だ。

暗黒微笑ではない、年相応の少年のはにかみだった。

「ありがとうございます、エリザベス様。心の靄《もや》が晴れたような気がいたします。そうです。マリウス兄様は簡単に人を見限るような人ではありません。だからマリウス兄様とぼくの絆は途切れはしない。当たり前のことなのに、すっかり臆病になっていました」

「誰にでも不安はあるものですわ。親しい方が相手ならなおさら」

感激しエリザベスの手を握ろうとするレオハルトの腕へ、ラースが飛びかかって妨害する。よくやった。

レオハルトは気にした様子もなく燦々《さんさん》たる瞳で笑顔を浮かべた。

「そうとなれば、ぼくは帰国します。兄様のおそばでリーシャをイビ……励ましたく思います」

「はい、お二人もおよろこびになると思います」

「ようやく帰る決心がついたか。ならばそのように手配させよう」

レオハルトの決意が変わらないうちにとハロルドに合図をする。荷物をまとめて明日か明後日にでも出立してほしいものだ。

リーシャ嬢にとっては不穏な単語が聞こえたような気がするが……まぁ晴れて正式な婚約者となったしあわせ真っ只中《ただなか》の二人にかえり討ちにあうのが関の山だろう。レオハルトは自分が捨てられた仔犬のような目をしていたことは忘れているようだから、黙っておいてやろう。

それよりも、とオレはレオハルトのロックがとけたエリザベスに近寄った。

エリザベスがそう考えていてくれるなら。

もしかしたらオレも、本当の自分をさらけだしても――。

しかし、ふらふらとした足どりのオレの歩みを、力強くひきとめる者があった。

ふりむけば、いつのまにか背後にまわっていたハロルドが、周囲をはばかりつつ低い声で囁く。

「ヴィンセント殿下、殿下の本性は、『腹黒』ではなく『へたれ』ですよ」

「……『へたれ』?」

「まさか、ご存じないのですか?」

「言葉の意味としては知っているぞ」

「……」

ここ最近で一番の冷たい視線が突き刺さる。いや、冷たいというより、呆れというか、憐憫というか、なんとも形容しがたい感情をはらんだ視線であった。

なんとなく色々な含みを察したオレは、冷静さをとり戻し、エリザベスに己の二面性をカミングアウトするのはやめておくことにした。


アカデミアの年度区切りとともにレオハルトはオリオン王国へ本当の帰国を果たし、しばらくしてからオレとエリザベスには婚約披露の儀を執り行う旨、招待状が届いた。

# エピローグ しあわせにします

門出を祝う晩秋の空は晴れわたっていた。

雲一つない、どこまでも高く澄みきった晴天……まるでオレとエリザベスの前途のような……いまのオレはふわふわと宙を飛ぶ心地だ。

そんなことを考えるうちに、宙ではなく舗装された道を走っていた馬車はすぐに目的地へ到着した。

ラ・モンリーヴル公爵邸。エリザベスの実家である。

ハロルドにうながされて正面玄関の前に降りたつ。そこにはすでにエリザベスが侍女とともにまっていた。

「ようこそお越しくださいました、ヴィンセント殿下」

口調は丁寧だが、浮かぶ笑顔はいつものやさしげなもの。

こちらへ、とエリザベスが示すのにあわせて、内側から扉がひらいた。公爵邸の堂々たるたたずまいが披露される。吹き抜けの天井は先ほど見上げた青空のように高かった。

客を迎える玄関ホールには、どことなく緊張した顔つきの公爵殿、公爵夫人、そしてエリザベスの二人の兄がならんでまっていた。

領地経営にでている兄君まで呼びよせるとは、公爵殿も本気だということだ……手のひらにじわりと汗が浮かぶのを握りしめて隠す。

「手厚いお出迎えに感謝します」

「いいえ、殿下をお招きできるとあらば、これに勝るよろこびはありません」

「こちらは手土産です。王宮パティシエが腕によりをかけた菓子で――」

そこまで言って、オレはハッと気づいた。

公爵邸への土産に選んだのは、菓子のつめあわせ。ケーキ、マカロン、クッキー、チョコレートトリュフ、その他エリザベスが王宮へきたときに口にしてよろこんだ菓子の数々だ。エリザベスの家へもっていくと言ったらパティシエたちも大はりきりでつくってくれた。

そう……つまりこれは、エリザベスへの貢ぎ物なのである。

ラ・モンリーヴル公爵家の皆々様へ、ではなくて。

菓子箱を運ばせていたハロルドが怪訝《けげん》な顔でオレを見る。

「殿下、わざとこれを選ばれたのかと思ったのですが、まさか素ですか」

「……素だ」

「左様でしたか……」

小さな声でかわした会話は、それでもばっちりと周囲に聞こえているだろう。

エリザベスは頬を赤くしてうつむいている。好物の菓子が嬉しい反面、オレの失態とその原因を察して照れているらしい。

別に悪いことではない。ないのだが。

本日の訪問の目的は、エリザベスの婚約者としてあらためて挨拶がしたい、というものだ。

ラースが現れた日の朝、心の中で誓ったことを実行に移したのである。

しかしご家族の皆様にご挨拶という名目で参上しておいて、手土産が家族に宛てたものではなく恋人の好物って、なんかもう「娘さんが好きで好きで仕方がないんです」感がすごすぎてひくレベルなんじゃないだろうか。

もちろん本気で娘さんが好きで好きで仕方がないんだが。

「本日はお日柄もよく……」

「殿下、あちらに飲み物を用意してございますので、どうぞ」

思わずよくわからない台詞が口から飛びだしたところへ、公爵殿もかぶせてきた。

互いに「あっ」という顔をして見つめあう。オレが本題にはいりかけたことを察して公爵殿は遠慮している。しかしテンパッて口走ってしまったが玄関先で言う話ではないのはオレもわかる。部屋をあらためるのが正しいだろう。

「案内していただこう」

言うと、公爵殿は手をさしのべて歩きだす。

表面上はなんともなさそうな顔をとりつくろいながら、オレと公爵殿は同じことを悩んでいたに違いなかった。

エリザベスが王家へ嫁ぐことは九年前から決まっていたろうに、なんでこんなに緊張してるんだ……。


なんとか仕切りなおし、応接室で家族全員と対面、兄たちの近況などを聞いたオレは、気合をいれて背筋をのばした。

椅子と飲み物がやや離れたところに置かれ室内が立食パーティのようなレイアウトになっていたのは、オレが腰かけることがないとわかっていたからでもあろう。

エリザベスの隣に立つ公爵殿を真正面から見つめる。義父になる人だ。

その逆隣には公爵夫人、背後には兄たち。

エリザベスは凛としたたたずまいをくずさないものの、頬は紅潮し、唇は少しだけ緊張をあらわしてひき結ばれていた。

紫色の瞳と視線があう。

まっすぐな目がオレに自信を与えた。大丈夫だ、オレはもう、ベッドで泣いていた子どもじゃない。

ならば言うべきことはこれしかない。

「エリザベス嬢を――御令嬢を、必ずやしあわせにします。ですからどうぞご安心ください」

すでに国は安定し、国力は豊かになりつつあるとはいえ。

それに驕らず、より一層努力すると誓おう。

公爵殿はわずかに頬を紅潮させ、夫人はうっすらと目の端に涙を浮かべる。

わかる、エリザベスが自分の手から離れていってしまうなんて、諸手をあげてよろこべるわけがない。もしオレとエリザベスのあいだに女の子が生まれたとして……あ、もうこの時点で泣きそう。

ぐっと唇をひきしめたオレにむかって、公爵殿は何度もうなずきをかえした。

「幼いころ、いつもエリザベスから殿下のお手紙を自慢されておりました。殿下が娘を慈しみ想ってくださってることは、よく存じあげておりました」

あ、この目、「最近までまったく相手にしてなくて本当に申し訳ありません……」という謝罪と憐憫といろいろまざった複雑な視線だ。痛い、心に刺さる。そうかぁ。オレの黒歴史恋詩《ラブ・ポエム》は、エリザベスには届かずにご両親に届いてしまったか。

公爵殿はちらりとエリザベスを見た。エリザベスもまた恥ずかしそうにほんのりと頬を赤くしながら、けれども心からとわかる笑顔を浮かべている。

公爵殿がほっと小さな息を吐いた。

ふと気づいた。

もしかしたら、オレが長年告白できなかったせいで、エリザベスが自分の気持ちに気づいていなかったせいで。

公爵殿や夫人もまた、気を揉んでいたのかもしれない。

ほがらかな、ふっきれたような――エリザベスに似た笑顔で、公爵殿はあのときと同じ台詞を告げた。

「こちらこそ、エリザベスをよろしくお願いいたします」

感極まったのか、公爵夫人は目頭をハンカチで押さえている。

そんな二人に、そしてオレにむかって、エリザベスはやさしくほほえみかけた。

「殿下のおそばにいられるのでしたら、わたくしはそれだけで幸せですわ」

「ぼくもだよ、エリザベス」

前途洋々たる若い二人を、窓からさしこんだ陽光が照らしている。キラキラと輝く空気は未来への希望そのもの。

もういい雰囲気すぎるから明日結婚式挙げられないかな……と沸いた考えを頭の片隅に押しこめて、オレはエリザベスと手をとりあった。

# 書き下ろし1 邪竜のき・も・ち

からだじゅうがいたい。

全身の皮膚がめりめりと音を立てて裂け、その下から黒鉄《くろがね》の尖鱗《せんりん》が頭をもたげる。

横溢《おういつ》する瘴気によって蠟燭の火はかき消された。室内に落ちるは真の闇——なぜこの世に自分が生みだされたのか、邪竜にはわからなかった。ただ凶暴な本能と記憶の彼方に置き去りにされてしまった願望は一致していたように思えた。

なにか、きれいなものを、ひきずりおろしてやろうと。

その一心で行動していたはずだった。だからこそ邪竜も稚拙さの残る召喚魔法に応え、封印の綻びを抜けだしてきた。

窓ガラスを叩き割ると、邪竜は月のない夜空へと飛びだした。眼下の屋敷に明かりが灯り、あわてたような声が起きる。しかしもう遅い。邪竜をとめられる者はどこにもいない。

それにしてもこのちんちくりんなからだはどういうことだ?

邪竜は首をかしげて己の体軀を確認した。あれほどの負の感情で邪竜をひっぱりだした、驚嘆に値すべき人間が器になったはずだった。

なにもわからないというのに身体は勝手に一か所をめざして飛んでいく。まるで吸いよせられるかのように。

まさか、《もえさかるてつりゅう》《イヴリース》たるわがみにけいやくが？

その可能性に思い至ったときには邪竜はとある屋敷の庭へ到着していた。
二、三度上空を旋回してのち、さがし求めた気配を感じて一つの窓へと舞い降りる。
先ほどは躊躇《ちゅうちょ》なくぶち破れた窓が、壊せなかった。

カーテンの隙間からわずかに見えるのは、ベッドに横たわる金髪の少女。枕に顔をうずめてじたばたしている。彼女が驚かぬよう、慎重に、忍耐強く、嘴でそっと窓をつつく。

やがて少女は邪竜に気づき、窓辺へと近づいてカーテンをめくった。

「あっ」

驚きの声があがり、紫色の瞳が邪竜をとらえる。

視線が絡まる。意識の奥底に眠ったはずの記憶の蓋がひらく――。

見つめつづけた少女の笑顔。しかしそれは常に横顔で、視線は自分にむけられない。彼女――そうだ、エリザベスだ――の視線の先にはいつも――。

「……ラース様？」

鈴の音のような声でその名を呼ばれた瞬間、パタン、と軽い音を立てて記憶の蓋はしまった。

「きゅいっ」

窓がひらく。あたたかな空気がラースの鋼鉄化した頰を撫でた。エリザベスが手をさしのべる。

ついぞ感じたことのないよろこびが邪竜の胸を満たした。

わからない。おれはどうしてあんなにおこっていたんだろう?

邪竜は、すべてを忘れ、《ラース》になることにした。


――と、思ったが。

王宮に連れていかれ、憎き男の顔を見た途端、邪竜の記憶の蓋はふたたびひらいた。しかも今度はわりと盛大に、パカーッとひらいた。

ここまでくると邪竜の意識とラースの記憶は渾然《こんぜん》一体となっていく。

邪竜は理解した。なぜ自分がこんな姿で、少女の守護竜として契約に結びつけられているのか。

いつぞやの記憶で、エリザベスの膝の上にのっていた黒ネコ。ラースの頰に傷をつけ、エリザベスから騎士の称号を戴いたあの黒ネコ。憎き男《ヴィンセント》には敵わないが、エリザベスの周囲で一定の地位を確保できる存在。

めざすべき姿はあれなのだ。

もはや邪竜ラースに躊躇はなかった。

がんばればあのなよやかな手が、頭を撫でてくれるかもしれない。

小さな身体に魔力が充塡されるのをまちながら、邪竜は全力でかわいこぶった。


ラファエルの姿を認めたラースはゲェッとつぶれた蛙のような鳴き声をあげた。うーんこの声、以前に聞いたことがあるぞ。

既視感《デジャヴ》をおぼえつつ隣のラファエルを見るが、自分は一切の関係がありませんという顔をしてにこにこ笑っている。

今日は『リーシャ嬢聖女化計画』の慰労会……という名目で、実際にはラファエルが聖竜となったラースを見たがったので、王宮に呼んだのである。もちろんエリザベスは「ラファエル様にはお礼を申しあげなければなりませんものね」と二つ返事だった。

心ばかりのお礼の品をラファエルへと贈るエリザベスの隣で、空中で横になって足をぶらぶらさせているラース。不満をあらわしているらしい。聖竜になっても中身の性格はよくならないんだな。

二人は特訓の日々についてなつかしげに語りあうと、最後にほほえみあい、優雅に頭をさげた。長すぎず短すぎずのちょうどいい時間配分で話を切りあげ、貴族らしいふるまいをする侯爵子息は、悔しいがエリザベスの隣に立ってもまったく遜色なく……ラファエルの身長、縮まねーかな。

ふと隣を見るとラースが自分の手足とラファエルを交互にながめていた。巨大化したときのすらりとのびた手足を思いだしていることが察せられ、オレは白い肩を慰めるように叩いた。

そのラファエルが、くるりとこちらをふりむく。

「では、ラース君を観察させていただいても?」

「よろしいですか、ラース様?」

ラファエルの顔に浮かんでいるのはおちついた笑みだが、細くゆるめられた目は興奮にキラキラと輝いていた。ある意味で怒りや蔑みよりもおそろしい表情である。

ラースはぷるっと身をふるわせた。それでもエリザベスからよろしいですかと尋ねられて、もちろんです《イェッサー》以外の答えはない。ピッと尻尾を勇ましく立てると、自分からラファエルのもとへと飛んでいった。

「魔力の流れをご覧になりたいのだそうです。それから、できれば鱗もいただきたいと」

「聖竜の白鱗は万能薬の素と言われています」

ラファエルがつけたした。つまりは人助けになる。ラースが嫌だといえば強引にはとるまいが、協力したいという想いはエリザベスの表情にあふれていた。

ラースの青い目がうるうると揺れる。しかし嫌だとは言えない。守護対象《かいぬし》にいいところを見せたい聖竜は、こくんと頭をうなずかせた。

エリザベスの背後で、ラファエルはモノクルを光らせ両手をわきわきと動かしている。

「では、失礼して」

ラファエルがラースの尻尾をつかむ。

「ぼくたちは先にむこうへ」

オレはエリザベスの手をとると中庭にしつらえたテーブルへと案内する。さすがのラファエルも本性がおさえきれないだろうからな。

エリザベスとリーシャ嬢が特訓に励んだ思い出の中庭は、もうそろそろ冬にさしかかるというのに満開の花にあふれ、どことなくあたたかい。聖女のパワーすごい。

ふと背後に耳をすますと、ラファエルの囁きが聞こえてきた。

「痛くしないから……ね？　ちょっとだけ、すぐ生えるよ♡」

「ぴ、ぴぎゅあ……！」

「あ、こっちもいい？　頭部はとくに魔力が強いんだ♡」

「きゅあああっ⁉︎」

ん、二枚いったな?

ラファエルへの信頼のゆえか、テーブルに盛られた菓子に気をとられたか、エリザベスはラースをかえりみなかった。

しばらく二人でまっていると、ぐったりとしたラースを小脇にかかえたラファエルがやってきた。

「ご協力ありがとうございました。よいサンプルがとれました。研究のために魔法省で保管させていただきます」

「ラース様、どうされたのですか」

エリザベスはあわててラースを受けとると膝にのせて撫でた。ラースの尻尾がぴこぴこと揺れる。

「鱗をとられて少し疲れたのですよ。魔力が抜けますからね。でもじきに治ります。あまりかわいがるとヴィンセント殿下が妬《や》いてしまいますよ」

「ははは、まさかそんな」

「ふふ、そうですわ」

三人とも表面上は冗談のように笑っているが、それを心の底から冗談だと思っているのはエリザベスだけである。その膝の上で、ラースは青い目をチカチカと点滅させた。よし、あとでもう一度ラファエルにサンプルを採取してもらうか。

「でも惜しいなぁ、聖竜の白鱗ももちろん貴重だけど、こうなってくると邪竜の黒鱗をとっておかなかったのが悔やまれる。ラース君はもう邪竜には戻らないだろうし……」

呟くラファエルにエリザベスは顔をあげた。

「そうなのですね」

「はい、体内の瘴気は完全に浄化されております」

「よかったですね、ラース様。これでわたくしとの契約がなくなったとしても、ラース様は聖竜ですから自由ですわ」

「きゅあっ⁉」

エリザベスの言葉にラースががばりと跳ね起きる。その可能性は考えていなかったと言いたげな様子だ。

「とはいえ聖竜が我が国をでてほかの国へ移った……なんて噂になっても困るからね。まだしばらくは世話をお願いするよ、エリザベス」

認めたくない事実ではあるが、成長した聖竜はその地に加護をもたらし、守護する相手に強大な魔力を与えることもできる。

「はい、承知いたしております」

エリザベスはうなずいた。ラースの目に生気が戻る。よし、元気になったな。オレは起きあがったラースの胴体をつかむとエリザベスからひき剥がした。シャーッと翼をひろげて威嚇するラースは、エリザベスに「いけません、ラース様ッ」とたしなめられておとなしくなった。

これでようやくおちついた。オレはラファエルへふりむく。

「そうそう、黒鱗だが……実はレオハルトがひとつ隠しもっていてな。いま王宮に保管してある」

「なんだって⁉　さすがは王子様！」

言った途端ラファエルはくるりーっとターンすると両手を挙げて万歳した。おい、本性でてるでてる。

エリザベスは「そういえば……」と当時を思いかえしていたためか気にしていない。

オレはうなずいた。あのときアクトー侯爵がもっていた黒鱗。あれは間違いなくラースのものだ。

ラースをかかえこむように顔を近づけると、耳元で告げる。

「レオハルトに聞いたぞ。エリザベスのふれたハンカチと交換で黒鱗をやったそうだな」

「……」

ラースはささっと首を逸らしてオレの視線から逃げた。

しかもハンカチの上に丸まって昼寝をしていたらエリザベスに見つかってすぐにランドリーへだされ、レオハルトへと返却されてしまったらしい。結局ラースの手元にはなにも残らず、鱗だけとられたわけだ。

ちなみに、邪竜の黒鱗はラースから離れてもしばらくは瘴気をまとっている。肌身離さずもっていたアクトーの様子がおかしかったのは黒鱗の幻惑効果のせいだが……。

「お前は瘴気の影響を受けなかったのか？」とレオハルトに尋ねたところ、「素手でさわってたけど平気だったよ？」という答えがかえってきたので、やっぱりあいつは存在自体が闇属性なんだろう。

「二度とするんじゃないぞ。エリザベスの言うことを聞かんなら契約は解除させる」

「きゅあ……」

釘を刺すと、ラースはしょんぼりと尻尾をかかえて宙に浮いた。

## 書き下ろし2 セレーナのき・も・ち

その日、騎士団の演習に参加するため、エドワードは父親とともに王宮を訪れた。

つつがなく演習を終え、帰宅のために王宮の大廊下を歩いていたときのことである。

「ひぇぇあっ⁉」

飛びだしてきた令嬢がスカートの裾を踏んづけ、そんな叫びとともにもんどりうって転びそうになったのは。

「――あぶない！」

咄嗟《とっさ》に手をさしのべる。量の多い藍色の髪をなびかせて床に激突しようとしていた令嬢は、すんでのところでエドワードの腕に抱きとめられた。騎士団で鍛えた身体は女性一人くらいなら支えることのわけもない。

しかし、バサバサと床に散らばった紙類を見てエドワードはふと目をみはった。

「これは……」

令嬢が落としたのは一冊の本。それは一年前のエドワードがなにより焦がれ、心に刻みこんだ物語がつづられた書物――『聖なる乙女は夜空に星を降らせる』の第一巻、しかも初版本である。

ほかには数枚の紙片が、本の下敷きになって散乱していた。ちらりと見たところ黒いドラゴンらしきものの絵だった。

拾いあげようとしたエドワードより早く、令嬢は這いつくばるようにして身を屈めるとささっと紙を集め、その上から本を重ねた。

あらためて立ちあがった彼女は深々と頭をさげる。

「あ、ありがとうございます！　申し訳ありませんでした、無礼なことを……」

「いいえ、お怪我はありませんか。あなたも本も無事ならよかった」

数百部しか刷られなかった幻の初版本である。それでも一般的な廉価本からすれば気合をいれた部数なのだが、『乙星』のヒットはいまやその何十倍にもなる。

令嬢は幾度も礼を言い、ぺこぺこと頭をさげながら去っていった。その小動物のような仕草にほほえましくなる。

「いまのは、ヘイヴン子爵家の御令嬢ではないか」

父が言うのにエドワードは顔をむけた。

ヘイヴンといえば、『乙星』の絡んだ成人パーティにて、ラース・ドルロイド公爵子息が怒りとともに絶叫していた名だ。

「セレーナ殿でしょうか」

「知っておるのか」

「名前だけ……」

尋ねられ、言葉を濁す。かつてエドワードは『乙星』にのめりこみすぎて父親を心配させた。王太子《ヴィンセント》の仕掛けた婚約破棄劇により事の重大さに気づいたけれども、あれがなければどうなっていたか。夢を見ているかのような心地で、ふらふらとユリシーを追いかけまわしていたのだ。

ヴィンセントのとりはからいで当時のことは親たちには伝わらず、あくまで『学園内で起きたこと』として処理された。

それに、セレーナ・ヘイヴンについて詳しくは知らない。渦中のラースが名を呼んだことでセレーナには注目が集まったが、彼女のあのとおりの態度に子息令嬢たちは同情し、そうこうしているうちに三回生であったセレーナは卒業してしまった。

見たところ、彼女は『乙星』の熱狂的ファンなのだろう。そうでなければ初版本をあのように大事そうにかかえて歩くわけがない。

あの騒動以降『乙星』は貴族界隈で微妙な評価を受けている。そんな中であえて好きなものを好きと主張するセレーナに、エドワードは勇気を見た。

罪を憎んで人を憎まず、小説も憎まず。

いつか『乙星』談義に花を咲かせたいものだと、エドワードは思った。

再会の機はすぐに訪れた。

王立図書館でエドワードはまたもやヘイヴン子爵令嬢を見た。なにやら難しい顔をして分厚い書物を何冊も運んでいる。悪いとは思いながらも近寄って観察していると、彼女はページをめくり、これというものがあれば持参した紙に書き写す。

その手際の鮮やかさにエドワードは見惚れた。おそらくは普段から写本などをして生計を立てているのに違いない。文字に慣れ、図形などの描写も非常に美しい。細かな図表は芸術品のようだ。

ついついながめているうちに、セレーナは顔をあげて大きなのびをした。令嬢らしからぬ仕草にくすりと笑ってしまう。

その気配を察したのか、セレーナがこちらを見た。もっさりとした前髪が両目を覆い隠してはいるが……たぶん、視線があった。

会釈をすれば、セレーナもまたエドワードに気づいたようだ。あわてて席から立ちあがる。はずみでひっくりかえりそうになる椅子を手をのばして受けとめてやる。

どうやらセレーナはそそっかしい性格のようだ。

「あなた様は、先日の……」

「またお会いしましたね。エドワード・ノーデンと申します。以後お見知りおきを」

「も、もったいないお言葉です。セレーナ・ヘイヴンと申します。先日はありがとうございました」

セレーナはぺこぺこと頭をさげ、それからハッと気づいた顔になりあらたまった礼をした。

「失礼しました。焦るとつい素がでてしまって……」

「いえ、お気になさらず」

素とはなんなのだろうと思うものの尋ねればまた恐縮させそうで黙る。それに、エドワードにはもっとずっと気になることがあった。

テーブルの上の本や資料にまざって置かれているのは、『乙星』だ。

うずうずと胸が騒ぐ。父親の前では封印しているけれども、内心はまだエドワードも『乙星』ファンなのである。

そんなエドワードの前で、セレーナはふと考える顔つきになった。

「ノーデン様……」

セレーナの口が小さく「ぁ」と声を漏らす。ちらりと『乙星』に視線がむかった。

エドワードがユリシーをとりまいていた一人だと気づいたらしい。

「す、すみません、こんなものを」

セレーナは本をとりあげ、かばんに押しこむ。あのときのことが嫌な記憶になっているとの配慮だろう。それはあながち間違いではない。しかし、こうして『乙星』自体を隠すようにされるのはそのほうがつらい。

「いえ、あの件は自分の未熟さが招いたことです。人のせいにする気はありません。ましてや物語のせいだなどと……それに、『乙星』はすばらしい小説です。あれほど感動する小説を、私はこれまで見たことがなかった」

周囲にはばかり、声をひそめて。けれども悪いようには受けとってほしくないと熱をこめて語れば、セレーナはぽかんと口をあけた。見えないがおそらく目も見ひらかれている。

数秒の、沈黙。

やがてセレーナはゆっくりとうつむいた。前髪が顔の大部分を隠すようにして、表情を見えなくしてしまう。

けれど、ほんのわずかに見える頬は、赤く染まっているように思えた。

エドワードとセレーナは、文通をはじめた。

受けとった手紙の筆致を見、エドワードは予想どおり彼女が只者ではないことを知った。筆跡の美しさもさることながら、話題選びや表現になんともいえぬ妙があった。家の花が咲いたとか、飼い犬が仔を産んだとか、そんなたわいもない題材が彼女にかかれば一編の物語のようになるのである。……本人はあれほどおちつきがないのに。

しばらくは忙しい日がつづいたらしく、手紙だけのやりとりをかわした。ようやく顔をあわせたのは二か月ほどしてからのことだ。

久しぶりのセレーナは目の下に隈《くま》をつくり、身体つきもどことなく痩せたようで、やつれたというのがふさわしい有様だった。

しかし『乙星』二巻がでることは知っていたから、同じファンとしてエドワードはよろこびをわかちあった。セレーナは、

「エドワード様がそんなにおよろこびなら、私も嬉しくなります」

と言ってにこにことうなずいていた。

二人は徐々に距離を縮めていった。

ぎこちないうえにおっかなびっくりといった態度だったセレーナが、だんだんと自分の存在に慣れていくのを感じるのは心地よかった。

いまではセレーナも、『乙星』について自分の好きなシーンや台詞を教えてくれる。

しばらくして隣国に邪竜が現れ、聖女がそれを退けたらしいというニュースを聞いたときには「はばあ」と謎の悲鳴を発し卒倒しかけていたが——自分と同じく、彼女がロマンスにあふれる現実に感動しているのだとエドワードは解釈した。

父から話を聞いたとき、この感動を共有できるのはセレーナしかいないと、エドワードは思った。ひかえめで、自分のことはあまり話さないけれど、『乙星』をなによりも愛していることは態度の端々から伝わってくる。

「じゃ、邪竜が……？」

「そうです！」

息も絶えだえといったふうなセレーナに、エドワードは大きくうなずいた。

「オリオン国の王太子マリウス殿下も、我が国に留学されていたリーシャ様も、大の『乙星』好きだとか。『乙星』があったからこそ、お二人は互いの力を信じることができたのかもしれません。いえ、きっとそうでしょう」

それだけの力があの小説にはある。

セレーナが年頃の令嬢でなければ両手を握って力説したいくらいだ。

「『物語』は、悪しき人間の手で利用されてしまうこともありますが、それ以上にずっと人を勇気づけ、明日への活力を与えてくれるものなのです！　真実の愛はなによりも強い――『乙星』はそれを教えてくれます」

拳を握り鼻息荒く熱弁するエドワードにおされ、ようやく復活したセレーナはよろよろと立ちあがった。頬はうっすらと赤らんでいる。

「エドワード様……それほどに、『乙星』を好いてくださっているのですね」

「ええ。物語が悪用され、自分も騒動に加担してしまい……一時は見るのも嫌になった時期もありました。それは本当です。でもやはり、ひたむきで健気な主人公が周囲を巻きこんで成長していく姿は、心の支えになるものです」

もう何度もセレーナに語り聞かせたことではある。それでもまだ言いたりなかった。己の未熟さにふがいなくなるたび、エドワードは『乙星』を読みかえした。

ありがちなハッピーエンドだっていい。爽やかな読後感の残る、元気をくれる読み物。

エドワードはそこに、作者の心根のやさしさを見た。

ふとセレーナに視線を移せば、よろめいたせいで髪型はくずれ、普段よりも顔があらわになっていた。斜めになった前髪から透けるのは、藍色の瞳――それは潤んで、まるで星々を浮かべた夜空のように煌めいていた。

とりだしたハンカチを目元にあてつつうつむいてしまったセレーナの表情はそれ以上見ることができなかったから、エドワードは気づかなかった。

ドキンと鳴ったのが己の心臓であることに。

それは『乙星』に感動したときよりも、かつてユリシーに魅了されたときよりも激しい鼓動であったことに。

セレーナは涙をぬぐい、にこりと笑った。

「初版本がまだ家にありますので、さしあげます」

「ほ、本当ですか⁉　二冊も買っていらっしゃったので⁉　しかし――いえ、いけません。それは保存用でしょう?」

「あ、えぇと……そういうわけではないのですが、五冊ほどありまして」

「！！！」

いまではプレミアで高値がつくという『乙星』の初版本を、五冊。

安いものだったとはいえ。いや、安かったからこそすぐに売り切れ、版は重ねられた。

発売当初に五冊も入手するとは、なんたる先見の明だろうか。

「セレーナ殿……大切な、大切なものと存じますが、ぜひ……」

「はい、次にお会いするときに必ずもってまいります」

エドワードをまっすぐに見上げ、セレーナはほほえんだ。

整えられた前髪はまた目元を隠していたけれど、エドワードには秘められた満天の星空が思い浮かべられるような気がした。

翌月、セレーナは約束どおり『乙星』第一巻の初版本をもってノーデン家を訪れた。

受けとる際に誤ってふれてしまったセレーナの手は小さくてやわらかくて、あやうく稀少な本を落とすところだった。


やがてさらに『乙星』熱の高じたエドワードが小説の一言一句まで諳《そら》んじられるほどに精通し、セレーナからの手紙の中にそれらの表現が散りばめられていることに気づき、同時にセレーナがエドワードの『乙星』談義を嬉しそうに聞く理由――かつ初版本を五冊も手元に置いていた理由――を悟るのは、もう少し先の話。

## 書き下ろし3
# 王子様はキスがしたい

このたび、丸八年の片想いをこじらせたすえ、晴れてエリザベスと恋人となった。

恋人……恋人である。いい響きだ。婚約者であり、恋人……最高じゃないか。恋人とはつまり、二人が相思相愛の関係だ。

過去にはお忍びデートをしたし、パーティにも二人で出席した。オレたちは婚約者としてのふるまいはすでに十分すぎるほどしている。

しかし恋人でなければできないことが、ある。

それは——接吻《キス》。

ふたりの想いを確かめあったあの日、エリザベスの凜々しき決意によって有耶無耶《うやむや》になってしまったオレの甘くせつない悲願であった。


というわけでまずは情報収集だ。

「お前、キスしたことはあるか」

つとめて平静を装い、内容が残念なぶん表情だけは威厳たっぷりにハロルドに尋ねる。

どうせまた「なにを言っているのですか」的な呆れ顔をされるとはわかっていても、こんな話できるのハロルドしかいないし。オレをダシにして正式な婚約にこぎつけたようなものだし。聞いたって罰は当たるまい。

そう考えつつの質問だったのだが。

ハロルドの仏頂面がかああぁっと赤く染まる。

その顔を見てはじめてオレは気づいた。

質問をしておきながら、した、と答えられたときのリアクションを考えていなかったことに。

「――え？　お前……したのか」

真っ白になった頭でうっかり口走ってしまう。ハロルドは眉を寄せうつむいた。

「いえ、あれは事故です……」

「したのか!?」

「組み手をしていたら新技を受けてほしいと言われて……」

「したのか……」

「事故です……」

「でもしたのか」

「事故です」

こらえきれなくなったのかハロルドが片手で顔を覆った。白い手袋の生地のむこうに赤く染まった耳が見える。

よく考えれば二人で組み手だと？　婚約者だからとはいえ、いささか破廉恥すぎはしまいか。それで事故で唇が重なったと……？

え、もしかしてマーガレット嬢の必殺技ってそういうことなの……？

主人をさしおいて青春しすぎだろ、この男。

じっとりと湿った視線を送るとさすがのハロルドもいたたまれないのか黙りこんでいる。

やがて、ぽつりと、ハロルドが言った。

「……マーガレットに、相談します」

オレは重々しくうなずいたが、ハロルドはまだ視界を塞いでいて見えなかったようなので「うむ」と低い声で告げた。

なにを相談するかなんて決まりきっている。

どうしたらオレとエリザベスがイチャイチャできるかだ。


翌週。

王立アカデミアにて、まことしやかな噂が流れた。

いわく、はじめてのキスはイチゴ味らしい――と。

隠密と諜報のアバカロフ家にくわえ、女性の護衛ならばならぶ者のいないと言われるファーミング家。この二家が手を組んだのだ、子女たちはどこからともなくはじまった噂話の源泉を気にすることもなく心を躍らせていた。

「あまずっぱくて、一生忘れられないものになるそうよ」

「あら、わたしはレモンの味と聞いたわ」

「ええ、レモンよりイチゴのほうがいいわよねぇ」

令嬢たちは声をひそめつつ語りあう。エリザベスが聞き役に徹しているようでいてどことなく嬉しそうなのは、いままでに食べた甘味を思いだしているのだろう。

さすがだ、甘いもの好きなエリザベスに刺さるテーマが厳選されている。

迂遠な計画ではあるが、エリザベスがオレとの関係をさらに意識してくれれば万々歳。機運もぐっと高まるというわけである。

まぁ、この噂は全然関係ないやつにも刺さってしまったのだが……。

別のテーブルでおしゃべりに興じる令嬢たちに意識をむけながら、オレは隣で悩ましげなため息をつく男を見た。

「はぁ……♡　なんてロマンチックな噂だろうね」

同じテーブルでは、ラファエルが頬に手をあてて身体をくねらせている。

「え？　お前、キスくらい……」

「したことないよ？　ボクのことを忘れられなくなったら困るでしょ？」

きょとんとした顔つきで言いきるラファエル。色々な意味に受けとれる含蓄ある発言だが、深掘りするのはよしておこう。

オレの微妙な配慮に気づかず、ラファエルは首をかしげた。

「だいたい、つつしみが求められる貴族がそんなにほいほいキスなんかしちゃ駄目でしょ。婚約者ならギリギリセーフかもしれないけどさ。それでもギリギリだよ?」

あ、ラファエルのうしろでハロルドが頭をかかえている。まさか学園一の遊び人に分別を諭されるとは思っていなかったのだろう。

もうしちゃったんだから、そんな気にしても仕方がないぞ、ハロルド。

それよりも問題はまだしていない人間——すなわちオレだ。

両家の親も公認となり、オレとエリザベスは週末に王宮でデートを楽しむのが習慣となっていた。

デートコースは決まっている。庭園を一周して、池のほとりの東屋で甘味をとり、日の暮れないうちに帰る。四季折々、庭師たちが丹念に育てた草木をながめ、ただ語らいながら歩く——それだけで日々のせわしない心がやすまるのだ。なんせ隣にいるのがエリザベスなので、同じ空間で息を吸うだけで癒されるのである。

「今日はカエデが色づいてきたそうだ」

庭師の言葉を思いだしながらエリザベスを案内する。庭園の一角に、紅葉の楽しめる小《こ》径《みち》がある。

さしだした手を、エリザベスはとった。本当ならば、そのままエスコートの姿勢をとるべきところ。

あくまでさりげなく、手をつなぐ。

エリザベスが顔をあげる気配がしたものの、オレは気づかぬふりで前をむいた。オレが恥ずかしがってはエリザベスはもっと恥ずかしくなるに違いない。

エリザベスは頬を染めて顔を伏せたが、ふりはらおうとはしなかった。

いやしかし思いやりぶかいエリザベスのことだ、本心では嫌がっていても強くでられない可能性もある……「婚約者ならギリギリセーフ」と言ったラファエルの台詞が脳裏をかすめる。

いったいどんな顔をしているのかと、ちらりと見れば。

うつむいたエリザベスの視線は、握りあった手に落ちていた。

そして――これがエスコートではなく手をつないでいるのだということを確認したエリザベスは、ふんわりと唇をゆるめ、恥じらうような笑みを浮かべた。

「……！！！！」

あああああ～～～～～～～～～！！！！！！

オレはあわてて視線を正面に戻すと歩きだす。

くずれ落ちそうになる膝を叱咤して、一歩一歩を踏みしめる。少しでも不審な動きをすればせっかくつないだ手が離れてしまう。

エリザベスはなにも言わなかった。

オレも無言のまま、ただ歩いた。

それは幸福な沈黙だった。

互いの気配を感じとり、歩幅をあわせ、速度をあわせて。同じ景色を見、同じ風の音を聞く。

たとえ無言であろうとも、オレがエリザベスを想い、エリザベスがオレを想っていることをつないだ手が十分に伝えあっている。

は――……何百回も思ったことだけれども、告白してよかった……。

いつもより長い時間をかけて、オレたちは東屋へとたどりついた。

メイドはいない。そのように言いつけてあるからだ。

ハロルドもいつのまにか姿を消していた。そういえばオレが膝をふるわせているくらいのときに後頭部に圧を感じていた記憶がある。こいつはもうだめだと気を使ってくれたようだ。

今日は、むかいあってではなく、隣に座る。

そのために東屋には長めのベンチを設置していた。

エリザベスがテーブルに置かれたフルーツを見て顔を輝かせた。

「まんまるで、赤くて、ルビーのように綺麗……」

「そのまま食べてごらん」

陶器のボウルに盛られた果実には花を模したスティックがさしこまれている。そのうちの一つをとり、エリザベスはかぷりとかじりついた。ならびのよい歯形を果実に残し、頬をふくらませて味わう姿は小動物のようだ。

はぁ、かわいい……。

オレが心の中でため息をつくのと同時に、エリザベスもまたほうっと感嘆の息を漏らした。

「あまずっぱくて、やわらかい……とてもおいしゅうございます」

「南のほうからとりよせた種類なんだ。菓子にしてもおいしいが、まずは見た目と素材の味を楽しんでほしくてね」

「ちょうどアカデミアでイチゴの話がでたので、食べたいと思っていたのです」

そこまで言ってからその内容を思いだしたらしく、エリザベスはまた頬を染めてうつむいた。

そう、オレが用意したのは、イチゴである。

近ごろ南部で開発された新品種で、形は球体に近く、色は真紅に近く、さわやかな酸味と舌がとろけるような甘さをもつ。

エリザベスがちらりとオレを見る。オレはそ知らぬふりでイチゴを一つ口へと運ぶ。

……身のうちではばっくんばっくんと心臓を鳴らしながら。

オレの様子を見て、エリザベスもふたたびイチゴへと手をのばした。

「まぁ」

すぐに驚きの声があがる。視線の先にはイチゴの山に鎮座する、うっすらと紫がかったガラスのウサギ。エリザベスがオレにプレゼントしてくれたものだ。

今回、雰囲気を盛りあげるため、協力を要請した。

「わたくしも、いつももち歩いております」

そう言ってエリザベスは小さな袋をとりだした。顔をだすのは、オレの目の色に似た、水色がかったガラスのウサギ。

「ずいぶんと会わせてあげられませんでしたね、ごめんなさい」

水色のウサギをテーブルに置くと、エリザベスは紫のウサギに手をのばした。二匹のウサギがよりそう。いまのオレたちのように。

ほほえましい光景にエリザベスは笑顔になった。

「見てくださいませ、ヴィンセント殿下」

エリザベスがオレにふりむく。

視線があった。

「――……」

紫色の瞳がゆらめく。

きっとオレは必要以上に真剣な顔をしてしまっているに違いなかった。

「エリザベス……リザ」

「ヴィンス殿下……」

呼びかければ応えてくれる。

オレはエリザベスへとよりそった。ウサギたちのように。

やわらかな金の巻き毛をひとすくい、うやうやしくもちあげると唇を落とす。

「好きだ、リザ……」

「で、殿下……」

エリザベスの、少しうわずった声が聞こえた。

オレの意図はしっかりと伝わったようだ。上目づかいに見上げると、エリザベスは顔を
真っ赤に染めあげていた。まるで熟したイチゴのように。

嫌がってない——嫌がってない、よな?

エリザベスをつつむようにベンチの背に腕をもたせかけ、さらに距離をつめる。エリザベスはまばたきもせずにオレの行動をじっと見守っていた。逃げたり顔をそむけたりされない……ということは、受けいれてくれているということでいいんだよな? そうだよな?

あぁっ!! こんなときに自信喪失するのはやめろ、オレ!!

頭の中で自分をぶん殴り、気合をいれる。

表面上は余裕たっぷりのほほえみをむけると、細い肩を抱きよせた。甘い匂いがふわりと鼻腔《びこう》をくすぐる。イチゴではない、エリザベスの髪から香る、薔薇と没薬《ミルラ》だ。

「リザ……」

オレは潤んだ瞳を見つめかえし、低く囁くと、ゆっくりと顔を寄せ——。

……あれ?

エリザベスの視線はオレをとらえている。その瞳にあふれるのは愛情だ。オレのキスをまってくれているのだ、それはわかる。

でも、見つめあったままキスって、できなくない?

まっすぐ顔を近づけたら、先に鼻がぶつからない?

自分の情報収集が不十分であったことにいまさら気づく。ハロルドに先を越された驚愕で、肝心の部分がすっぽりと抜けていた。

――万事休す。

オレはしずかに目をとじると……顔をかたむけ、色づいた頬に、キスを落とした。

熱をもった頬はあたたかく、やさしく唇を押しかえす。

「……」

「……」

そっと離れ、エリザベスを見る。

エリザベスはしばらく固まっていたが、やがておそるおそると右手をあげ、赤くなった頬にふれた。

それからまじまじとオレを見つめ、

「本当に……はじめてのキスは、イチゴの味なのですね……」

なんとも感に堪えぬ様子で、ため息をこぼした。

あの噂はそういう意味ではないのだが……人を疑うことを知らないエリザベスはまさかキスの仕方がわからなくて頬へ逃げたなどと考えてもみないのだ。

オレの大失態はエリザベスの純粋さに救われた。

しかしこれどうしよう。好きだというのに九年かかったオレだ、キスをするのに何年かかるか――。

そんなオレの思考は突然さえぎられた。

ふっと顔に影がかかる。

見上げれば、立ちあがったエリザベスがこちらへ一歩を踏みだしたところだった。

やさしい手が羽のような優雅さで肩におかれる。

エリザベスが身を屈める。ドレスのスカートがふんわりと足を撫でる。

状況を把握できずに硬直しているうちに、視界はエリザベスでいっぱいになった。

おまけに、エリザベスの顔が——頬を染めた天使の笑顔が近づいてきて、あ、目をとじた——睫毛《まつげ》が長い……たぶんこのあたりでオレの意識は飛んでいた。

気づくと綿飴のように甘くてやわらかな感触が頬にふれていて、ゆっくりと味わう間もなくそれは離れていってしまった。

……え？

エリザベスが目をあける。視線があう。

かあぁぁっとエリザベスの顔に熱がのぼる。

「も、申し訳ありません、わたくし、まだ……修業不足ですわ!!　ヴィンス殿下のように優雅には、できませんっ!!」

両手で覆った頬はやはりイチゴのように熟《う》れている。

なにか言わねばと思うのに、言葉がでない。ありがとうって言ったら真がこもりすぎていて変態くさくないか？　あぁ、先ほどは沈黙がここちよいと感じたはずなのに。

いまは耐えきれないほどにあまずっぱい。

「でなおしてまいります……!!」

それだけを言うと、エリザベスはとめる暇もなく東屋をでていってしまった。石畳の道をぱたぱたと走っていくうしろ姿に手をのばす。しかしやはり、なんと言っていいのかわからない。

「……ハロルド」

仕方なくいま呼べる名を呼ぶと、姿を消していたはずの従者は即座に現れた。

「おそばに」

「すまないが、エリザベスを門まで送っていってくれ。このウサギもいっしょに」

エリザベスが忘れていってしまったガラスのウサギを受けとり、ハロルドは首をかしげた。

「殿下は？」

「エリザベスにはあとで手紙を書く。オレは――」

ベンチの肘かけに腕をのせ、ぐっと力をこめる。身体がもちあがる反動はあるものの、足には力がはいらなかった。

事情を察したハロルドの視線がみるまに冷たいものへと変わっていく。

「腰が抜けた……」

「では、おおせのようにいたします」

ハロルドがふたたび戻るまで、オレはイチゴの芳醇《ほうじゅん》な香りにつつまれながら、ベンチにもたれて透きとおるような青い空をながめていた。

……結婚したら、毎日こんな生活なのか……。

ようやく訪れた芽吹きの春は、春嵐《はるあらし》の突風でもってオレの頬をはり倒していった。

これでは心臓がもたないかもしれない。

育ちのよいエリザベスが、「ごきげんよう」に「ごきげんよう」、贈りものに贈りものをかえすように、「好き」には「わたくしもお慕いしております」、キスにはキスをかえさねばならないと考えていることにオレが気づいたのは、すでに数十発の弾を心臓にくらったあとだった。

ベタ惚れの婚約者が悪役令嬢にされそうなので
ヒロイン側にはそれ相応の報いを受けてもらう②／完

# あとがき

こんにちは。杓子ねこと申します。『ベタ惚れの婚約者が悪役令嬢にされそうなのでヒロイン側にはそれ相応の報いを受けてもらう』第二巻、いかがでしたでしょうか。前回もわりと作者の趣味を炸裂させた内容でしたが今回はそれ以上になりました。楽しんでいただければ幸いです。

二巻は私が大好きな邪竜ネタとノリノリで悪役をやる悪役令嬢を書けたので大満足です。悪役令嬢とヒロインのキャッキャウフフはいいですよね（タイトルの後半が内容に関係ないのは第一巻で完結予定だったことの余波です……今回のヒロイン役とはなかよしです）。

書きながら、エリザベス、レオハルト、リーシャ、ラファエルに囲まれたヴィンセントはツッコミ一人で可哀想だなと思いました。ハロルドとラースは黙して語らない……。

実はラースは魔力がたまればしゃべれる（第一巻に出てきた黒ネコのように）のですがしゃべると余計なこと言いそうなのが自分でわかっているのでしゃべらない、という裏設定です。

一巻のラースと二巻のレオハルトにも裏設定のようなものがあって、彼らはヴィンセントの拗らせが歪んだ姿だったりします。エリザベスに一目惚れしたのにうまく伝えられず、自分を変える努力もせず、闇落ちしてしまったのが一巻のラース。努力して外見を完璧にしたところまではヴィンセントと同じだけど推し至上主義で外面と内面のバランスがとれていないのがレオハルトです。でも、エリザベスとヴィンセントに関わることで、彼らは少しだけ素をだせるようになったはず。

本作はマグコミ様のサイトにてコミカライズも連載していただいております。タイトルは『ベタ惚れの婚約者が悪役令嬢にされそうなので。』、おやまだみむ先生ご担当です。毎月十五日更新。キャラたちがみんなかっこよくてかわゆい！　生きいきと動いている！　一巻の内容なのでヴィンセントが不憫！　コミックス一巻も来月六月に発売予定です。

この二巻を読んでからコミカライズを読むとヴィンセントとエリザベスの関係の変化に感動すること間違いなしです（笑）。私はしました。ぜひご覧ください！

今回も様々な方にお世話になりました。一巻にひきつづきドツボど真ん中のキャラデザと美麗なイラストを描いてくださった雪子先生、いつも明るく励ましてくださる編集さん、関係者の皆様、そして読者の皆様に御礼申し上げます。一巻をお手にとってくださった方、この二巻をお手にとってくださった方、本当にありがとうございます。

では、またお会いできる日を楽しみにしております！

令和三年四月吉日　　杓子ねこ

MAG Garden NOVELS

# ベタ惚れの婚約者が悪役令嬢にされそうなのでヒロイン側にはそれ相応の報いを受けてもらう②

発行日　2021年5月25日 初版発行

著者 杓子ねこ　イラスト 雪子

発行人　保坂嘉弘
発行所　株式会社マッグガーデン
〒102-8019 東京都千代田区五番町6-2
ホーマットホライゾンビル5F
編集 TEL：03-3515-3872　FAX：03-3262-5557
営業 TEL：03-3515-3871　FAX：03-3262-3436
印刷所　株式会社廣済堂
装 幀　木村慎二郎（BRiDGE）＋矢部政人



ISBN978-4-8000-1082-7 C0093